존재의 아우성

청소년 테마 소설
존재의 아우성

1판 1쇄 2015년 12월 11일 | 1판 9쇄 2024년 8월 30일
글쓴이 김민령 이금이 전삼혜 진형민 최상희 최서경 최영희
책임편집 남지은 | 편집 엄희정 원선화 이복희 | 디자인 이지선
마케팅 정민호 서지화 한민아 이민경 안남영 왕지경 정경주 김수인 김혜원 김하연 김예진
브랜딩 함유지 함근아 박민재 김희숙 이송이 박다솔 조다현 정승민 배진성
저작권 박지영 형소진 최은진 오서영
제작 강신은 김동욱 이순호 | 제작처 한영문화사
펴낸곳 (주)문학동네 | 펴낸이 김소영
출판등록 1993년 10월 22일 제2003-000045호
주소 10881 경기도 파주시 회동길 210
전자우편 kids@munhak.com | 홈페이지 www.munhak.com
카페 cafe.naver.com/mhdn | 북클럽 bookclubmunhak.com
인스타그램 @kidsmunhak | 트위터 @kidsmunhak
대표전화 (031)955-8888 팩스 (031)955-8855
문의전화 (031)955-3576(마케팅) (02)3144-3238(편집)

ISBN 978-89-546-3871-5 03810

잘못된 책은 구입하신 서점에서 교환해 드립니다. 기타 교환 문의: (031)955-2661, 3580

청소년 테마 소설

존재의 아우성

김민령
이금이
전삼혜
진형민
최상희
최서경
최영희

문학동네

| 차 례 |

최영희 … 미스터 보틀
007

이금이 … 실족
039

김민령 … 뷰 박스
071

진형민 … 호주 갈 사람?
093

최서경 … 같은 사람
119

최상희 … 유나의 유나
147

전삼혜 … 세컨드 칠드런
167

이 책을 읽고자 하는 청소년 여러분에게
191

최 영 희 … 미스터 보틀

1

나는 지금의 우주가 갈라져 나온 때를 또렷이 기억하고 있다. 그건 열 살 봄방학을 앞두고 내가 생애 첫 영어 교과서를 받아 온 날이었다. 엄마는 교과서를 펴고 알파벳을 읽어 주었다. A, B, C, D……. 엄마는 기름때가 낀 손끝으로 알파벳을 짚어 가다 말고 내 엉덩이를 토닥거렸다.

“우리 권지는 참 빠르다. 엄마는 중학교에 가서야 A, B, C, D 배웠는데.”

그때 엄마가 현실을 직시했다면 얼마나 좋았을까. 딴 집 애들은 유치원 때부터 영어 일기 썼다는데, 넌 여태 까막눈이어서 어쩔래? 미국, 캐나다 출신 원어민은 우리 형편에 무리니까, 저기 리비아, 모로코 쪽 강사라도 구해 볼까? 이랬더라면……. 그도 아니면 형편없는 영어 실력 때문에 고초를 겪게 되리라고 내게 겁이라도 주었어야 했다. 그랬으면 지금의 우주는 시작되지 않았을 것이다. 하지만 엄마는 감격에 겨운 얼굴로 내 볼을 꼬집으며 이렇게 말을 맺었다.

“열 살부터 영어 좔좔 하면, 우리 권지 나중에 던킨도너츠 사장님 되겠다."

던킨도너츠는 재래시장 초입에서 꽈배기를 튀기는 엄마의 꿈이었다.

엄마의 예상은 첫 영어 시간부터 빗나갔다. 영어 전담 선생님은 우리를 하나씩 일으켜 세우더니 영어로 말을 시켰다. 그러면 또 애들은 뭐라 뭐라 대답들을 하는 것이었다. 점점 내 차례가 가까워질수록 심장이 벌렁거리고 팔다리는 뻣뻣해졌다. 그 시간만큼은 지금껏 내가 말하고 들어 온 언어가 아무 소용이 없었다. 말싸움에서 밀린 적 없던 내가, 모둠별 상황극 대본도 줄줄 외던 내가 말문이 막혀 버린 것이다.

위치 또한 더할 나위 없이 나빴다. 내 앞자리 애는 단순히 묻는 말에 대답하는 차원을 넘어서, 선생님과 혀 꼬부라진 소리를 주거니 받거니 떠들어 대는 것이었다. 하필 그다음 순서였던 나는 한층 고조된 기대감 속에서 입술만 달싹거릴 뿐이었다. 결국 나는 고개를 숙여 버렸다. 영어 교과서의 알파벳들이 꿈틀대기 시작한 건 그때부터였다.

그날로부터 5년이 지난 지금, 나는 영어 난독증에 시달리고 있다. 난독을 일으키는 주범은 F, G, T 따위의 자음들이다. 자음들 때문에 영어 단어가 이중으로 겹쳐 보인다. 예를 들어 'Love'라는 단어를 읽으려 하면 o와 e만 제자리에 있고 L과 v가 공중으로 솟구치는 식이다.

사실 난독증은 시작에 불과했다. 나의 영어 거부반응은 듣기, 말하기, 읽기, 쓰기 4대 영역에 걸쳐 고루 나타났고, 나는 이 시대에 흔치 않은 '영어 포기자'가 되었다. 급기야 오늘 아침엔 엄마가 새벽부터 종종거리며 차려 준 밥상에 영어 시험지를 메다꽂는 불효까지 저지르고 말았다.

"또 빵점이야. 이게 뭐냐고! 나 어떡해? 특별 과외라도 받아야 하는 거 아니야?"

하지만 엄마는 사태의 심각성을 전혀 인지하지 못했다.

"엄마는 공교육의 힘을 믿는다. 수업 시간에 집중해."

나는 엄마 사인을 받은 시험지를 가방에 구겨 넣고 집을 나섰다. 한숨이 나왔다. 새로 온 영어 선생님은 내 점수를 그냥 넘기지 않았다. 이권지, 정신 차려! 21세기 대한민국 땅에서 영어를 모른다는 건 문맹이란 뜻이다. 대학? 취직? 영어 못하면 애초에 물 건너간 거야. 말도 안 통하는 놈을 누가 받아 주겠냐? 안 되겠다, 넌 부모님 사인 꼭 받아 와! 일은 그렇게 된 거다.

내가 존재하는 다중우주들 중에 가장 갑갑한 우주가 여기일 거다. 길바닥에 굴러다니는 건 죄다 걷어차며 걸었다.

"아 씨, 뭐 이래!"

내 발에 차인 병뚜껑이 저만치 철쭉 화단 쪽으로 날아갔다. 팅! 소리가 났다. 병뚜껑이 뭔가에 부딪쳤겠거니 하고 지나치려는데 화단 쪽에서 작은 소리가 들려왔다.

"오, 마이!"

소리 나는 쪽으로 가 보았다. 화단 가장자리에 원통형 금속 물체가 떨어져 있었다. 원통형 물체의 중간쯤에는 빙 둘러서 홈이 패어 있고 그 홈에 검은 구슬이 끼워져 있었다. 내가 집어 들자 구슬은 행성의 고리처럼 원통 둘레를 한 바퀴 돌았다.

"뭐지? 딸랑인가? 아기들이 갖고 놀기엔 좀 무거운데?"

한쪽 끄트머리에 영어가 쓰여 있었지만 알파벳이 널을 뛰는 바람에 읽을 수가 없었다. 다시 한번 읽어 보려고 원통을 눈앞에 바특하게 갖다 댈 때였다.

"이권지, 뭐 하냐?"

언제 왔는지 민규가 퀭한 얼굴로 날 내려다보고 있었다. 민규로 말할 것 같으면 몇 주 전에 다중우주론을 내게 설파한 장본인이며, 유치원 때부터 영어 일기를 쓴 준비된 영어인이다. 양가 어머니들이 같은 재래시장 상인회 소속이어서 우린 코흘리개 적부터 알고 지낸 터다. 민규 어머니는 곗돈을 떼이고 집이 경매에 넘어가는 악재 속에서도 민규의 영어 학원만은 끊지 않은 것으로 유명하다.

"웬 보온병? 너 아직도 보온병 들고 다니냐? 좀 있으면 5월인데."

민규 말을 듣고 보니 원통형 물체는 스테인리스 보온병 같기도 했다.

"야, 늦겠다. 나 먼저 간다."

민규는 심드렁한 얼굴로 멀어져 갔다.

학교 근처에 떨어져 있는 걸로 봐서 우리 학교 애가 잃어버린 보온병일 가능성이 컸다. 하지만 굳이 나서서 주인을 찾아 줄 마음은 없었다. 보온병은 꽤나 묵직했고, 그건 곧 보온병 안에 썩은 차가 들어 있을지도 모른다는 뜻이다. 보온병을 다시 내려놓고 일어서는데 또 소리가 났다.

"헬프 미……."

소리는 보온병에서 나는 게 분명했다. 가슴팍을 누르면 소리를 내는 곰 인형과 비슷한 원리인 모양이었다. 기왕이면 '알러뷰' 그런 소릴 낼 것이지, '헬프 미'가 뭐냐? 듣는 사람 짠하게.

그때였다. 저만치 가던 민규가 소리쳤다.

"이권지! 너 진짜 안 가? 좀 있으면 지각이야!"

나는 얼른 보온병을 가방에 집어넣고 민규에게로 달려갔다.

2

학교에 도착한 나는 보온병을 까맣게 잊어버리고 말았다. 주운 보온병에 신경 쓸 겨를이 없을 만큼 험난한 일정이 날 기다리고 있었기 때문이다. 영어 선생님에게 난독증이 있다는 사실을 고백하자 선생님은 직접 확인하겠다며 엄마 전화번호를 요구했다. 엄마와 긴 통화를 마친 선생님은 잠시 얼빠진 얼굴이 되었다. 무슨 얘기가 오갔을지 짐작하고도 남았다. 우리 애가 빵점인 걸 왜 나한테 따지냐? 영어 선생은 당신 아니냐? 애 영어 가르치라고 학교도 있고 영어 선생도 있는 거 아니냐? 영어도 내가 가르치고 당신은 점수만 따질 거면 그 월급 내가 받아야지…….

엄마의 공교육 책임론을 처음 접한 선생님들에게서 익히 보던 표정이라 나는 어깨만 으쓱하고 말았다. 대개는 이쯤에서 날 포기하는데 이번 선생님은 교육열이 남달랐다.

"너 별명도 영어 병신이라면서? 쯧쯧, 이 땅에서 영어를 못한다는 건 아무것도 꿈꾸지 말아야 한다는 말과 같다. 휴…… 그래도 네 어머니 말씀처럼 내가 네 영어 선생인 이상 어떻게든 해봐야지. 그럼, 이따 수업 시간에 보자."

그건 앞으로 계속 애들 앞에서 영어 지문을 읽히고, 영어로 질문을 하겠다는 선전포고였다. 당신이 이러면 곤란하다고, 제발 나한테 관심 끊어 달라고 소리치고 싶은 걸 간신히 참고 교실로 돌아왔다.

보온병을 다시 떠올린 건 4교시, 담임의 국어 시간이었다. 나는 5교시에 들이닥칠 영어 생각에 머리끝부터 발끝까지 안 아픈 데가 없었지만, 혼신의 힘을 다해 수업에 집중했다. 교과서 수업을 마친 담임은 중간고사 문제 풀이를 하겠다고 했다. 아이들이 부스럭부스럭 시험지를 꺼낼 때였다.

"헤이, 시리! 쿠 쥬 티치 미……."

난데없는 영어가 울려 퍼졌다. 순간 기가 막혔다. 하다 하다 이제는 국어 시간에 영어 환청이 들리는가 싶었다.

"어, 미안. 뭐가 잘못 눌렸나 봐."

담임이 당황한 얼굴로 주머니에서 스마트폰을 꺼냈다. 아이들이 와르르 웃었다. 환청이 아니라는 사실에 마음이 놓여 나도 따라 웃는데 내 가방 쪽에서 틱! 틱! 소리가 났다. 가방 지퍼를 열고서야 아침에 주운 보온병이 여태 그 안에 있다는 것과, 뭔가를 두드리는 듯한 소리가 보온병에서 들린다는 걸 알았다. 옆에 앉은 애도 그 소리를 들었는지 나를 흘끔 돌아보았다. 틱! 틱! 소리가 티디딕! 티디딕!으로 바뀔 즈음 담임의 스마트폰에서도 소리가 났다.

"땡큐, 시리! 아이 런드 더 코리언 랭귀지 인 유어……."

"아니, 이게 미쳤나!"

담임은 신경질적으로 스마트폰을 두드렸다. 하지만 소리는 계속되었다.

"아, 아. 하나, 둘, 셋. 한국어로 말하는 기분도 나쁘지 않군."

아이들은 아예 책상을 두드리며 웃어 댔다. 그 소리에 티티딕! 하는 잡음이 묻혔지만 나는 보온병에서 눈을 떼지 않았다. 그러다 마침내 검은 구슬이 저 혼자 보온병 둘레를 도는 걸 봐 버렸다.

"왜 꺼지지도 않고 지랄이야."

담임은 손바닥으로 스마트폰을 내리치고 있었다. 그러거나 말거나 폰에선 또 소리가 났다.

"그럼 이것으로 접속 끝. 바이, 시리."

다행히도 때마침 종이 쳤고, 나는 가방을 들고서 담임보다 먼저 교실을 빠져나왔다.

체육관 건물 뒤편으로 간 나는 가방을 열고 보온병을 들여다보았다. 보온병 구슬은 움직이지 않고 가만히 있었다. 나는 조심스레 보온병을 꺼내고는 구슬을 툭 건드렸다.

"아악, 내 눈알!"

비명 소리가 울렸다. 나는 미쳤는지도 모른다. 중간고사 영어 빵점에 이은 영어 선생님과의 개별 면담, 5교시에 있을 영어 선생님과의 해후……. 몹쓸 연결 고리들이 빚어낸 이 우주가 기어이 나더러 정신을 놓으라 하는 모양이다. 보온병에서 소리가 나는 것까진 이해한다. 하지만 보온병이 상황에 맞춰 말을 한다는 게 말이 되는가!

보온병이 또다시 입을 열었다.

"오오, 당신이군요. 아침에 날 구해 준 한국분. 이제야 고마움을 전합니다. 아침엔 그대의 언어를 파악 못 해서 제대로 인사도 못 했습니다. 하지만 시리를 해킹하여 그대의 언어를 익혔어요. 훗! 나 같은 최첨단 인공지능이 그런 구닥다리 음성 인식 시스템의 도움을 받다니, 역시 세상일이란 한 치 앞을 내다볼 수 없……."

나는 보온병을 가방에 다시 던져 넣고 지퍼를 잠갔다. 그러고도 찜찜해서 가방을 저만치 던져 버렸다. 왜 하필 나한테 이런 일이 생기는 거냐고 소리치고 싶었다.

"한국분, 날 꺼내 주시오!"

놈이 소리를 질러 댔다. 나는 달려가 냅다 가방을 걷어찼다.

"닥쳐!"

알파벳이 날뛰는 것만으로도 내 인생은 충분히 괴롭다. 보온병의 말 같지도 않은 소릴 들어 줄 여유 따윈 없다. 놈을 버리고 돌아서려는데 보온병의 흐느낌이 날 잡아 세웠다.

"으흐흑, 날 우리 아내에게 데려다주세요. 제발, 도와주세요."

3

10분 남았다. 점심시간이 끝나기 전에 선택을 해야 한다. 이대로 5교시를 맞을 것인가, 유부남 보온병 씨의 부탁을 들어줄 것인가. 그건 곧 친구들 앞에서 또 한 번 '영어 병신'임을 인증할 것인가, 보온병이 유부남일 수 있다는 사실을 믿을 것인가의 문제였다. 내 보기엔 둘 다 정신 나간 짓이다.

보온병 씨는 내가 시킨 대로 가방 안에 얌전히 있었다. 보온병 씨 말이 사실이라면, 그는 미국산 드론에 장착된 인공지능이다. 그를 태운 드론은 중국인 투자자를 유치하기 위한 시험 비행 중이었다. 하지만 서해 상공에서 괭이갈매기 떼에 부딪치는 바람에 드론이 고장을 일으켰고, 보온병 씨는 어느 지점에서 드론과 분리된 채 추락했다는 것이다.

남은 시간이 반으로 줄었다. 아직 결정을 못 내리고 있는데, 옆에 앉은 애가 갑자기 영어 교과서를 폈다. 나는 반사적으로 일어나 가방을 움켜쥐었다. 민규네 반으로 달려갔다.

"야, 돈 있는 대로 좀 빌려주라."

말해 놓고도 좀 미안했다. 서너 달 전에 주택 청약 통장이란 걸 만든 뒤로 민규가 얼마나 쪼들리는지 알기 때문이다. 영어인에 이어, 자가 주택인의 인생도 철저히 준비하느라 민규는 입을 것도 못 입고 먹을 것도 못 먹고 늘 거지꼴로 돌아다닌다. 그걸 알면서도 손을 내밀 데가 민규밖에 없는 나는…….

민규는 주머니를 탈탈 털어 3200원을 내 손에 쥐여 주었다. 그 돈을 받는데 뭔가 울컥했다.

"민규야……."

내가 민규를 바라보며 뜸을 들이자 지나가던 남자애들이 휘파람을 불어 댔다. 나는 개의치 않고 민규의 손을 잡았다. 녀석과 알고 지낸 세월이 뻐근한 감동으로 다가왔다.

"있잖아, 혹시 내가 늦어질지 몰라서 그러는데 우리 엄마한테 이 말 좀 전해 줘. 밥솥이 자꾸 말썽이니까 즉석밥 좀 사다 놓으라고."

뒤돌아 뛰었다.

엊그제 만 원을 충전한 교통 카드, 민규가 준 것까지 합친 현금 5100원, 그리고 말하는 보온병 하나. 믿는 구석 같은 건 어디에도 없었다. 보온병 씨의 말을 믿는 것도 아니었다. 보온병에게 아내가 있다는 게 사실이라면 우리 집 낡은 압력 밥솥과 냉장고도 시집, 장가를 보내야 한다는 뜻이다. 보온병 씨가 아내 운운하는 건 아마 자기를 유부남이라 인식하게끔 프로그래밍 되었기 때문일 것이다.

학교가 완전히 시야에서 사라진 사거리에서 보온병 씨와 나는 통성명을 했다. 이름이 기밀 사항이라기에 나는 지체 없이 보온병 씨라 부르겠노라 했다. 보온병을 오스틴, 크리스토퍼, 딜런 따위 이름으로 부르면 더 이상할 터였다.

"보온병이라……. 주위의 온도와 상관없는, 한결같은 사람이란 뜻이군요. 권지 양, 직관력이 있으십니다. 그 이름 좋습니다, 맘에 들어요."

아무리 첨단 인공지능이라지만 넘겨짚는 기능까지 갖춘 줄은 몰랐다.

"그런데 권지 양, 혹시 학생입니까? 아까 무슨 강의를 듣는 것 같던데."

중학교 2학년이라고 밝혔다간 보온병 씨가 나한테 말을 놓을 것만 같았다.

"대학교 2학년이에요."

"아, 다행입니다. 어린 학생을 이런 일에 끌어들인 건 아닌지 걱정했습니다."

나는 학력을 속인 게 맘에 걸려 얼른 화제를 돌렸다.

"아내분 전화번호가 어떻게 돼요? 제가 여권도 없고 돈도 없어서 미국까진 못 데려다줘요. 그래도 국제전화 한 통 정도는 걸어줄 수 있어요. 전화해서 아내분한테 여기로 오라 하면 되잖아요."

"그건 안 됩니다. 아내의 전화는 24시간 도청되고 있습니다. 아내와의 통화 내역이, 나를 쫓는 그놈들 손에 들어가면 큰일입니다."

갈수록 가관이었다. 그놈들은 뭐며 도청은 또 뭔가? 보온병 씨가 드라마를 많이 본 모양이다.

"그럼 이제 어디로 가야 하죠?"

"일단 광화문으로 갑시다."

미국에서 만들어진 인공지능의 입에서 광화문 소리가 자연스레 나오는 게 어딘지 미심쩍었다.

"광화문을 어떻게 알아요? 우연히 우리나라에 추락한 거라면서요? 보온병 씨 혹시 메이드 인 코리아면서 외국인인 척하는 거 아니에요?"

"아, 그게, 비상사태를 대비해 나라별로 아내와 약속 장소를 정해 두었습니다. 중국에선 상해 동방명주타워, 북한에선 원산시의 중앙광장, 한국에선 서울 광화문 대형 서점, 일본에선 오키나와 추라우미 수족관. 내가 인천시 인접 해상에서 통신이 끊겼고, 권지 양이 나를 발견하기 전까지 그 흙밭에서 이틀을 보냈으니 아내는 벌써 서점에 와 있을 확률이 큽니다."

보온병 씨의 과대망상 혹은 오류는 생각보다 심각했다.

5호선 광화문역에서 내릴 즈음 담임에게서 전화가 왔다. 안 받으면 일이 더 커질 것 같아서 일단 전화를 받았다.

"권지야, 너 어디야?"

내가 5교시 직전에 튀었다는 사실을 알게 된 모양이다.

"이권지, 얼른 돌아와. 종례 전까지 오면 어머니한테는 비밀로 해 줄게."

"기다리지 마세요, 샘."

"왜? 너 무슨 일이야? 아까 4교시까지만 해도 멀쩡했잖아. 너 같은 모범생, 아니 그러니까……."

담임은 나 같은 아이를 지칭할 용어를 찾지 못해 허둥대고 있었다. 학교는 꼬박꼬박 다니는데 소문난 영어 포기자다 보니 애초에 좋은 고등학교, 대학교는 글러 먹었고, 그 때문에 모범생이라 표현하기는 뭣한 아이……. 보온병 씨를 따라나선 세상에선 나도 선생님에게 가르쳐 줄 게 있었다.

"그냥 잉여라고 부르세요, 샘."

4

"아내는 실내에서 고글을 쓰고 다니는 것 말고는 나무랄 게 없는 여잡니다."

나는 광화문역 벤치에 앉아 보온병 씨의 말에 귀를 기울이고 있었다.

"가끔 날 빤히 보다가 휘파람을 불곤 하는데, 그게 얼마나 매력적인지 몰라요. 아아, 그럴 때마다 아내가 안고 싶어서 몸이 달아오르……."

나는 급히 보온병 씨의 말을 잘랐다.

"잠깐! 보온병 씨, 부부 생활 말고 아내분의 외모 좀 설명해 달라니까요. 서점에 외국인들 많아요. 어떻게 생겼는지 알아야 보온병 씨 아내분을 찾을 거 아니에요. 흑발인지 금발인지, 피부색은 어떤지, 키는 어느 정도인지 자세할수록 좋아요."

물론 보온병 씨의 아내가 정말 있다고 믿진 않았다. 하지만 보온병 씨가 스마트폰을 해킹할 정도의 첨단 기계인 건 확실하니까, 누가 됐건 수거하러 오는 사람이 있을 터였다.

"아내 이름은 메르세데스입니다."

내가 아는 메르세데스는 벤츠다. 보온병 씨의 아내가 독일 자동차라는 뜻인가? 보온병 씨가 제정신이 아니라는 의혹이 점점 짙어졌다. 아무렴 어떤가. 모름지기 기계란 고장도 나고 그런 거다. 우리 집 전기밥솥도 생쌀을 그대로 두고서 취사가 완료됐다며 소리를 지를 때가 있으니까.

짧게 자른 검은 머리, 구릿빛 피부, 키 174센티미터에 마른 체형, 한국말 전혀 못함. 보온병 씨가 알려 준 정보는 참말 난감한 것이었다. 차라리 금발에 푸른 눈이면 눈에 확 띌 텐데, 보온병 씨의 아내는 키와 헤어스타일만 놓고 보면 우리나라 성인 남자와 비슷한 조건이었다. 게다가 한국말도 모른다면 영어를 못하는 날더러 어쩌란 말인가. 서점 직원에게 방송이라도 부탁해 볼까 했지만 그놈들에게 발각될 위험이 있다며 보온병 씨가 벌벌 떨어대는 통에 공개적으로 일을 도모할 수도 없었다.

서점에 들어서자 절로 문구 팬시 코너에서 발길이 멎었다. 우산, 손목시계, 지갑, 디자인 노트 등 우리 동네 문방구에는 없는 상품들이 잔뜩 쌓여 있었다. 이럴 줄 알았으면 민규도 데려올걸 싶었다. 이런 데서 눈요기도 하고 바람도 쐬면 민규의 기분이 좀 나아질 텐데. 민규는 주택 청약 통장 적금을 붓기 시작한 뒤로 하루하루 사는 게 버거운지 걸핏하면 다중우주 어쩌고 지껄여 댔다. 우리가 살고 있는 우주 외에 또 다른 우주들이 무수히 존재한다는 얘기였다. 그리고 녀석은 다중우주에 사는 수많은 '민규들' 중 하나쯤은 앞날 걱정 없이 살고 있으리라 믿는 눈치였다. 그 팔자 편한 민규 얘기를 할 때마다 내 친구 민규의 얼굴에는 아빠 같은 미소가 어리곤 했다.

"권지 양, 걸음을 멈췄군요. 혹시 근처에 메르세데스가 있습니까?"

보온병 씨가 가방 안에서 속삭였다.

"아니에요."

나는 다른 사람들이 들을까 봐 가방을 고쳐 메며 얼른 자리를 옮겼다. 담임에게서 또 전화가 왔다. 두 번씩이나 전화를 걸어 주는 담임의 정성에 잠시 코끝이 시큰했다. 하지만 할 말이 없었다. 잠시 후 민규에게서 전화가 왔다. 아직 5교시가 안 끝났을 시각인데 녀석이 전화를 한 것이다.

"권지야, 너 대체 어디야?"

민규는 전에 없이 다급한 목소리였다.

"왜 그래?"

"웬 외국인들이 널 찾고 있어."

"외국인?"

"너 오늘 아침에 보온병 비스무리한 거 주웠지? 그걸 찾는다나 봐."

"뭐? 보온병 씨를?"

등을 한 대 얻어맞은 기분이었다. 보온병 씨는 또 뭐냐고 민규가 물었지만 지금은 그런 설명이나 하고 있을 때가 아니었다.

"내가 그걸 주웠다는 걸 그 사람들이 어찌 알았지?"

"이 일대 CCTV를 다 뒤졌대. 우리 학교 교복을 입은 애가 화단에서 그걸 줍는 게 학교 후문 쪽 CCTV에 찍혔는데, 선생님들이 그게 너란 걸 알아본 거지. 이권지, 너 혹시 그 사람들이 올 걸 알고 도망간 거야?"

예상치 못한 사건 전개였다. 보온병 씨는 정신이 나간 돈키호테였고, 나는 그가 제정신이 아니란 걸 알면서도 동행한 산초 판사였다. 아내든 수거인이든 일단 그 사람에게 보온병 씨를 넘겨주면 그만이었다. 하지만 도청이 어쩌고 놈들이 어쩌고 하던 보온병 씨의 말은 사실이었다.

"그 사람들 지금도 학교에 있어?"

"아니. 갑자기 무슨 연락을 받은 것처럼 다들 사라졌어."

낯선 외국인들이 날 찾는다. 아니 뒤쫓는다고 해야 할 것이다.

"민규야, 그 사람들 어디서 왔대?"

"그냥 영어를 쓴다는 것밖에 몰라."

차라리 러시아말이나 아르메니아어, 우르두어 같은 걸 쓰는 사람들이라면 한결 나았을 것이다. 서로 못 알아들으면 그만이니까. 그런데 하필 세계 공통어라 불리는 영어를 구사하는 사람들이, 하나도 아니고 여럿이서 나를 추적하고 있다. 절로 몸이 떨렸다. 나는 그냥 5교시 영어 수업이 싫었을 뿐인데.

"이권지, 너 괜찮냐?"

"민규야, 나 무서워. 어떡해?"

"잘 들어. 그 보온병 같은 거 아무 데나 버려. 신원도 모르는 사람들한테 잡혀서 좋을 거 없으니까. 그리고 당장 전화기부터 꺼. 내 생각엔 그자들이 네 휴대폰 위치 추적을 하는 것 같아. 무슨 일 있으면 다른 사람 휴대폰 빌려서 나한테 전화해. 수업 시간에도 켜 두고 있을게."

"아, 알았어."

나는 민규가 시킨 대로 휴대폰을 꺼 버렸다.

내 위치를 추적했다는 건 그들이 내가 어디 있는지 안다는 뜻이고, 그건 곧 그들이 이 서점에 들이닥치리란 뜻이다. 학교에서 광화문 서점까지는 지하철로 10분 거리, 하지만 그들이 차량을 이용한다면……!

일분일초가 급했다. 민규 말대로 보온병 씨를 쓰레기통에 넣어 버리면 끝나는 일일까? 오늘 아침 나는 왜 보온병 씨를 가방에 주워 담았을까? 이 무겁고 수상쩍은 걸 뭐하러 주웠을까?

잡히면 끝장이다. 외국인들이 날 에워싸고 영어를 마구 퍼붓겠지? 뭐라뭐라 추궁을 할 텐데, 세상 모든 영어 질문에 돌려줄 대답이라곤 예스나 노밖에 없는 나는 둘 중 하나를 내뱉을 것이다. 그 말에 더 열 받은 외국인들은 나를 제3의 장소로 끌고 가서 쥐도 새도 모르게 처리해 버릴지 모른다. 거기까지 생각이 미치자 설움이 북받쳤다. 연애도 한번 못 해 봤는데, 돈 벌어서 엄마한테 인테리어 깜찍한 도넛 가게도 차려 주고 싶었는데……. 영어 포기자가 21세기에 할 일이라곤 아무것도 없을 거라던 영어 선생님의 저주가 현실이 되려는 모양이다.

이 모든 게 다 보온병 씨 탓이다. 망할 놈의 인공지능! 나는 가방을 꽉 틀어쥐고 카페테리아로 갔다. 그러고는 보온병 씨를 꺼내 잽싸게 쓰레기통에 넣어 버렸다.

"오, 안 돼! 권지 양, 도와주세요!"

보온병 씨가 고함을 질렀다. 카페 점원이 나를 힐긋 보았다.

"헬프 미! 헬프 미!"

나는 귀를 틀어막으며 돌아섰다.

5

열 발짝도 못 가서 멈춰 서고 말았다. 아침에 내가 왜 보온병 씨를 가방에 담았는지 기억이 났기 때문이다. 그놈의 '헬프 미' 소리. 나는 고작 그 3음절 때문에 보온병 씨 인생과 엮인 것이다. 영어 먹통이 잠시 일관성을 잃고 '헬프 미'를 알아들은 게 화근이었다.

나는 카페테리아로 돌아가 쓰레기통 앞에 섰다. 뭉개진 샌드위치와 축축한 휴지들 밑으로 팔을 뻗어 보온병 씨를 끌어 올렸다.

"학생……."

점원이 어이없음과 난감함이 갈마드는 얼굴로 날 불렀다. 그 표정이 꼭 내 시험 점수를 처음 보던 영어 선생님 같았다. 울컥한 마음에 점원을 확 쏘아보았다.

"왜요? 오빠 눈에는 내가 쓰레기통이나 뒤지고 다니는 애로 보여요?"

보온병 씨를 들고서 카페테리아를 빠져나왔다. 인적이 뜸한 구석으로 가서 보온병 씨를 다그쳤다.

"그 사람들 누구예요? 왜 당신을 쫓는 거죠? 보온병 씨 혹시 범죄에 연루된 인공지능이에요?"

"권지 양, 진정하십시오."

"내가 지금 진정하게 생겼냐고요! 외국인들이 떼로 날 쫓는다잖아요. 대체 내가 뭘 잘못했다고!"

"나는 쫓기고 있지만 나쁜 일을 한 적은 없어요. 나는 아내와 함께 있고 싶어요. 그뿐입니다. 내가 그놈들 손에 들어가면 다시는 아내를 만날 수 없을 겁니다. 그들이 내게서 아내의 기억을 지울 거예요."

보온병 씨가 반쯤 울음이 섞인 소리로 말했다. 나는 보온병 씨를 내 얼굴 가까이 들어 올렸다. 검은 구슬이 보온병 씨의 몸통을 한 바퀴 빙 돌아서 제자리로 왔다. 그건 보온병 씨의 눈이었다. 보온병 씨가 나를 바라보고 있었다. 나는 인공지능의 원리가 뭔지 모른다. 메르세데스가 어떤 여자인지도 모른다. 하지만 보온병 씨의 눈빛이 뭘 말하는지는 알 것 같았다. 그는 메르세데스에게 돌아가길 간절히 원하고 있다.

나는 역사소설 코너의 직원에게 달려갔다. 나랑 얼추 키와 체구가 비슷한 여직원이었다.

"언니, 옷 좀 빌릴 수 있을까요?"

직원은 황당하다는 표정이었지만 나는 물러설 수 없었다.

"이상하게 들릴 줄 아는데, 저 지금 쫓기고 있거든요. 교복이랑 학생증 맡길게요. 몇 시간만 언니 옷 좀 빌려주세요, 네?"

"학생, 지금 뭐 하자는 거야?"

직원은 면장갑을 벗고는 한 손으로 허리를 짚었다.

"언니, 외국인들이 곧 여기로 들이닥칠 거예요. 저도 제가 왜 쫓기는지 정확히 몰라요. 나중에 알게 되면 다 말해 줄게요. 전 평안중학교 2학년 이권지예요. 우리 엄마는 통인시장에서 찹쌀도넛이랑 꽈배기를 팔아요. 저 신상 확실한 사람이에요."

그때였다. 외서 코너 옆 출입구에서 웅성웅성 소리가 났다. 외국인 대여섯 명이 한꺼번에 들어와서는 어떤 직원을 붙잡고 뭔가를 이야기하고 있었다.

"언니, 저 사람들이에요."

나는 책꽂이 뒤편에 쪼그리고 앉아 몸을 숨겼다. 그제야 직원은 나를 빤히 내려다보았다.

"너 사고 친 거 아니지?"

"사고를 쳤으면 경찰한테 쫓기겠죠. 난 저 사람들이 누군지도 몰라요. 그냥 저 사람들이 제 휴대폰 위치를 추적해서 절 쫓아

온 거라고요. 수업을 땡땡이치긴 했지만 저 나쁜 애 아니에요."

"이리 따라와."

직원은 나를 데리고 탈의실로 갔다. 나는 얼른 직원이 건네준 옷으로 갈아입었다. 혹시 책가방이 눈에 띌까 봐 보온병 씨를 서점 종이 가방에 옮겨 담고, 그 위에 내 카디건을 덮었다.

"그 사람들 흩어졌어. 긴장하지 말고 지하철역으로 달아나."

탈의실 바깥을 살핀 직원이 일러 주었다.

나는 보온병 씨에게 숨죽이고 있으라고 경고한 뒤, 종이 가방을 들고 탈의실을 나섰다. 지하철 쪽 출입구에서 가까운 잡지 코너로 갔다. 책 진열장의 금속 모서리에 언뜻 내 모습이 비쳤다. 하늘하늘한 진홍색 원피스에 풀색 카디건. 급히 갈아입느라 신경을 못 썼는데, 이제 보니 나는 한 송이 뒤집힌 철쭉꽃이었다. 그 직원 언니, 패션이 상당히 난해하다. 게다가 나는 시폰 원피스에 어울리지 않는 형광색 운동화를 신고 있었다. 차라리 교복을 입고 있는 게 덜 눈에 띌 뻔했다.

금발머리에 키가 작고 호리호리한 남자가 문구 코너를 차례로 살피며 내 쪽으로 오고 있었다. 그리고 내가 돌아설 틈도 없이 그가 나를 봐 버렸다. 나는 태연한 척 걷던 방향으로 계속 걸었다. 하지만 다리가 후들거리고, 같은 쪽 팔과 다리가 한꺼번에 올라가며 걸음도 부자연스러웠다. 이럴 줄 알았으면 4대 종단을 두루 돌며, 인간의 운명을 관장한다는 그분들과 안면이라도 터 둘 걸 그랬다. 이 절체절명의 상황에서 도와 달라고 빌 대상이 없었다. 지하철 쪽으로 가면 너무 티가 날 것 같아서 맞은편 팬시 코너로 들어서는데 금발 머리가 나를 붙들었다.

어린이책 서가 쪽에서 소리가 울려 퍼진 건 그때였다.

"헤이, 유 가이즈 루킹 포 미, 포 미, 포 미? 아임 히어, 히어, 히어……."

소리는 시차를 두고 서너 군데서 반복되었다. 금발 머리는 나를 내버려 두고 그쪽으로 달려갔다.

티디딕! 티디딕! 종이 가방 안에서 소리가 났다. 보온병 씨가 스마트폰을 해킹한 모양이었다. 나는 부리나케 지하철역으로 달려갔다.

마침 지하철이 역 안으로 미끄러져 들어왔다. 타고 달아나면 될 터였다. 하지만 그 순간 메르세데스가 떠올랐다. 보온병 씨를 되찾기 위해 메르세데스도 서점 어딘가에 숨어 있을지 모른다. 보온병 씨와 메르세데스를 만나게 해 주지 못한다면 이런 도피 행각이 무슨 소용일까?

결국 나는 지하철에 타지 않았다. 대신 휴대폰을 다시 켜서 지나가는 아줌마의 쇼핑백에 슬쩍 던져 넣었다. 그놈들이 내 휴대폰 위치를 추적한다면 호피 무늬 재킷을 입은 한국 아줌마를 만나게 될 것이다.

나는 지하철 역사의 작은 옷집 안에 10분쯤 숨어 있다 나왔다.

"보온병 씨, 이제 괜찮을 거예요. 내 휴대폰을 지하철에 태워 보냈거든요. 그래도 혹시 모르니까 보온병 씨는 여기 잠깐만 계세요. 안전한지 확인하고 데리러 올게요."

나는 종이 가방을 역사의 1회용 승차권 발매기 뒤편에 쑤셔 넣은 다음 서점으로 되돌아갔다. 그러고는 조심스레 서점 안 분위기를 살폈다. 다행히 내 뒤를 쫓던 외국인들은 보이지 않았다. 역시 호피 무늬 아줌마를 따라간 모양이다. 긴장이 풀리면서 한숨이 톡 터져 나왔다. 세수라도 하려고 화장실로 들어가는데, 거기 그녀가 있었다. 구릿빛 피부에 키가 큰 흑발.

"메르……세데스?"

내가 물었다. 손을 씻던 여자가 놀란 눈으로 나를 보았다. 나는 여자가 영어로 말을 시킬까 봐 선수를 쳤다.

"음, 그러니까…… 이런 분 찾아요?"

나는 손으로 보온병 씨를 그려 보였다. 여자는 놀란 듯 손으로 자기 입을 가리더니 고개를 끄덕였다. 그 순간 여자의 눈에 눈물이 맺혔다. 정말 부부 사이냐고도 묻고 싶고, 독일 자동차와 같은 이름이 정말 당신 이름이냐고도 묻고 싶고, 왜 정체불명의 사람들에게 쫓기느냐고도 묻고 싶었다. 하지만 나는 영어를 모르고 여자는 한국말을 몰랐다. 여자가 뭐라고 말을 걸기에 나는 손짓으로 대답했다. 당신이 무슨 말을 하는지 당최 알아들을 수가 없다고. 잠시 자기 가방을 뒤적이던 여자는 스마트폰을 꺼내어 구글 번역기 창을 열었다. 그렇게 우린 엉성한 필담을 나누었다.

—당신은 인공지능을 주웠습니까? 지금 어디에 두었습니까?

—그 전에 먼저 확인할 게 있습니다. 당신이 정말 메르세데스입니까?

—메르세데스는 나의 별명입니다. 내 고향은 우루과이 메르세데스 시입니다. 그래서 친구들이 그런 별명을 지어 주었습니다.

—그 인공지능의 정체는 무엇입니까?

—당신이 주운 인공지능은 나의 남편입니다. 사실입니다.

—지금 그 말을 믿으라는 것입니까? 요즘 미국에서는 보온병과 결혼도 합니까?

—그런 뜻이 아닙니다. 사실 내 남편은 죽었습니다. 불의의 사고였습니다.

이 말도 안 되는 설명을 듣고 있자니, 이 여자야말로 보온병 씨의 아내일수밖에 없다는 결론이 절로 나왔다. 얼토당토않은 이야기를 늘어놓는 재주가 둘이 똑 닮았다. 내 표정을 읽었는지 메르세데스가 스마트폰 자판을 잽싸게 두드렸다.

—나는 공학자입니다. 인공지능 개발 회사에서 일했습니다. 나는 남편이 죽기 전에 그의 의식을 회사에서 개발한 인공지능에 업로드했습니다. 세계 최초입니다. 실제 인간의 의식을 컴퓨터에 옮겼습니다. 그런데 문제가 발생했습니다. 남편의 의식이 업로드된 인공지능이 드론 생산 업체에 팔

렸습니다.

인간의 의식을 인공지능에 옮겼다니, 그건 보온병 씨가 유부남이란 사실보다 더 이해하기 어려웠다. 하지만 내가 속한 우주에선 가능한 일 같기도 했다. 내 우주에선 영어 알파벳들도 멋대로 살아 움직이니까. 나는 메르세데스의 말을 믿어 주기로 했다.

—그러면 당신들 뒤를 쫓는 사람들은 누구입니까?

—인공지능 회사의 연구원들입니다. 인공지능을 되찾으려는 것입니다. 그들은 기술 유출을 걱정하고 있습니다. 그들이 나의 남편을 발견하면 인공지능을 리셋할 것입니다. 그러면 남편의 의식은 사라집니다.

더 캐물을 것도 없었다. 나는 잽싸게 지하철 역사로 가서 종이 가방을 가져왔다.

보온병 씨의 눈알이 몸체 둘레를 뱅뱅 돌았다. 이윽고 눈물 없이는 볼 수 없는 광경이 펼쳐졌다. 허니, 베이비, 스위트 하트 어쩌고 하는 말들이 오가고, 메르세데스는 보온병 씨를 껴안고 볼을 비비고 입을 맞추며 울었다. 화장실에 들어오던 여자들이 뜨악한 눈길로 메르세데스를 보았다. 나는 메르세데스와 일행이 아니라는 뜻으로 두어 걸음 뒤로 물러났다. 눈물의 부부 상봉을 마친 메르세데스는 보온병 씨를 멀찍이 들고서 휘익! 휘파람을 불었다.

6

"두 사람 이제 어쩔 거예요?"

"저들이 원하는 건 내가 아니라 인공지능 장치입니다. 메르세데스가 내 의식을 다른 곳에 업로드한 뒤에, 이 인공지능을 돌려주면 끝납니다. 권지 양에게 피해가 가지 않도록 서두르겠습니다. 다 잘될 거예요. 권지 양, 정말 고맙습니다."

메르세데스 품에 안겨 있어서 그런지 보온병 씨의 말투가 느긋했다. 잠시 후 메르세데스가 보온병 씨를 자기 가방에 넣으려 할 때였다. 보온병 씨의 몸체 한쪽 끄트머리에 새겨진 글자들이 보였다. 오늘 아침에 읽으려다 실패한 글자들이었다. 정신을 집중해 보았지만 역시나 알파벳들이 솟아올랐다.

"보온병 씨, 당신 몸통에 뭐라고 씌어 있는 거예요? 실은 제가 영어 난독증이 있어서 영어를 못 읽어요. 보온병 씨 생김새를 기억해 두고 싶은데……."

"오, 그런 사연이 있었군요. 미스터 보틀. 차세대 인공지능의 모델명입니다. 한국말로 하면 병 씨쯤 되겠죠? 권지 양이 내게 붙여 준 보온병 씨란 이름과 그리 다르지 않습니다. 역시 권지 양은 혜안이 뛰어난 분입니다."

병 씨……. 내 열다섯 생애에서 가장 글로벌했던 사건을 함께

겪은 이의 이름이었다. 보온병 씨와 눈을 맞춘 뒤 돌아서려는데 이번에는 보온병 씨가 나에 대해 물었다.

"권지 양, 전공이 뭡니까? 권지 양을 좀 더 알아 두고 싶어 그럽니다."

평안중학교 2학년들에게 전공 같은 건 없었다. 게다가 나는 전공이란 걸 영영 가져 보지 못할지도 모른다.

"딱히 전공이랄 게……. 우리나라에선 영어 못하면 전공 그런 거 하기 힘들어요. 일단 말이 안 통하니까."

"아니, 권지 양, 그게 무슨 말씀이십니까? 권지 양만큼 말이 잘 통하는 사람이 또 어디 있다고. 오늘 아침에 처음 만났을 때, 권지 양은 나를 찬찬히 봐 주었습니다. 사실 권지 양보다 먼저 나를 발견한 한국분이 있었습니다. 그분은 나를 발끝으로 툭툭 건드려 보다 가 버렸습니다. 하지만 권지 양은 눈을 맞추듯 나를 봐 주었고, 내가 하는 말도 들어 주지 않았습니까? 나는 왠지 권지 양이 내 오래된 친구 같습니다. 태평양을 사이에 두고 살다 오늘 처음 만난 사람 같지 않았어요."

말을 마친 보온병 씨는 메르세데스에게 영어로 뭔가를 이야기했다. 그러자 메르세데스는 기다란 팔로 나를 꼭 껴안는 것이었다. 고맙다는 인사인지, 자기 생각도 보온병 씨와 같다는 건지 모르겠지만 메르세데스의 포옹은 아늑하고 편안했다.

보온병 씨 부부는 떠났다.

이 어마어마한 사건을 겪고도 물리적 시간은 6교시 중반쯤을 지나고 있을 뿐이었다. 지금 돌아가면 종례 전에는 도착할 수 있을 것이다. 달라진 건 없다. 난 이번 주의 마지막 영어 수업을 피했을 뿐이다. 다음 주가 되면 어김없이 영어 시간이 돌아올 것이고, 열의에 넘치는 영어 선생님은 나를 들볶을 것이다. 아예 달아나 버릴까? 교통 카드 한 장과 현금 5100원으로 정착할 만한 데가 있을까?

직원에게 옷을 돌려주고 교복을 다시 입었다.

"너 이제 괜찮은 거야?"

"네. 그런데 언니, 휴대폰 좀 빌릴 수 있을까요?"

나는 한 번 더 직원에게 아쉬운 소리를 했다. 직원에게 빌린 휴대폰으로 전화를 걸자 민규는 5초 만에 전화를 받았다. 드르륵 문 여는 소리와 녀석의 거친 숨소리가 들렸다. 수업 시간이라 교실을 박차고 나온 모양이다.

"너 어디야? 괜찮아?"

민규는 휴대폰 밖으로 튀어나올 기세였다.

"이따가 다 얘기해 줄게."

돌아가야 할 것 같았다. 영어 알파벳 말고는 모든 게 제자리에서 날 기다리고 있을 터였다. 그 우주엔 청약 통장에 적금을 붓는 민규가 있고, 공교육의 힘을 믿는 엄마가 있고, 영어는 빵점이지만 인공지능과 그 부인의 재회를 도운 내가 있다.

학교로 돌아가는 내내 자꾸만 가방 안으로 손이 갔다. 눈치 없이 고시랑대던 그 목소리가 그리워질지도 모르겠다. 시간을 되돌려 오늘 아침으로 돌아간다면 아마 난 또 보온병 씨를 주울 것이다. 영어 병신이라 불리는 나지만 '헬프 미'란 말은 알아들으니까. 게다가 나는 엄청 실력 있는, 훗날 노벨상을 받을지도 모르는 공학자 메르세데스와 최첨단 기술에 관한 심도 깊은 대화도 나누었다.

5년 전, 엄마가 알파벳을 짚어 주던 그날로 돌아간다 해도 달라질 건 없다. 나에게 다른 우주란 없을지도 모른다. 하지만 상관없다. 내 유일무이한 우주는 알파벳이 조금 날뛰고, 약정 기간을 못 채운 휴대폰을 잃어버렸다는 것 말고는 별문제가 없다. 물론 다가올 기말고사 영어 성적은 기대할 수 없다. 하지만 영어 선생님 말과는 달리 나도 할 수 있는 일이 있고, 어쩌면 뭔가를 꿈꿀 수 있을지도 모른다. 보온병 씨 말처럼 나는 말이 잘 통하는 사람이니까.

이 금 이 … 실족

갑자기 전기가 나갔다. 순간 방은 암흑으로 변했다. 두 시간 넘게 작업하고 있던 사진들이 한순간에 날아갔다. 씨발, 한결은 주먹으로 책상을 내리쳤다. 빨리 마무리해서 엄마에게 보내 놓고 게임을 시작할 계획이었다. 디지털시계에서 숫자가 고양이 눈처럼 빛났다. 10시 5분이었다.

내일부터 부활절 방학이다. 보통은 금요일부터 부활절 휴일에 들어가지만 한결이 다니는 세인트폴 고등학교는 마침 개교기념일이 닿아 목요일부터 놀았다. 앞으로 나흘이나 노는데 10시부터 컴퓨터를 못 하다니. 사진이 날아간 것도 화나지만 게임을 못 하게 된 건 억울하기까지 했다. 커튼을 뚫고 어슴푸레한 빛이 비쳐들었다. 동네 전체가 정전된 게 아니라면 팔머 씨가 퓨즈 박스 전원을 끈 것이 분명하다. 등굣길마다 한결은 운전하는 팔머 씨로부터 일찍 일어난 새가 벌레를 잡는다는 식의 고리타분한 잔소리를 들었다. 늦게까지 컴퓨터를 하는 한결의 습관이 바뀌지 않자 팔머 씨의 잔소리는 얼마 전부터 경고로 바뀌었다.

그런다고 컴퓨터를 뺏기야 하겠어, 라고 생각했는데 아예 전원을 끊어 버릴 줄은 몰랐다. 한결은 음악 소리가 끊긴 헤드셋을 벗어 던지며 일어나 의자를 걷어찼다. 소리로라도 감정을 표출하고 싶은데 나무 의자는 책상과 호되게 부딪치고서도 신음을 안으로 삼켰다. 한결은 당장 뛰어나가 보란 듯이 퓨즈 박스 전원을 도로 켜고 싶었다. 하지만 아픈 발을 문지르며 고작, '재수탱이 영감 죽여 버릴 거야.' 하고 속으로 부르짖었을 뿐이다.

한결은 침대에 몸을 내던졌다. 삭지 않는 분으로 머릿속까지 뜨거웠다. 그때 휴대폰 진동음이 울렸다. 이 시간에 전화할 사람은 엄마밖에 없다. 사진 작업을 하는 동안에도 엄마는 계속 영상 통화 전화를 걸어왔다. 어제 중간고사 성적표가 떴으니 이미 확인했을 것이다. 하느라고 했는데도 성적은 B와 C가 대부분이었다. 한결은 진동 소리가 드릴의 송곳날처럼 귓속을 파고드는 것 같아 전화를 받았다.

"왜 이렇게 늦게 받아? 지금까지 게임하고 있었지? 잠깐 스카이프 좀 해."

"아, 아니야. 그, 그리고 파, 팔머가 두꺼비집 내려서 컴퓨터 못 해. 어, 엄마, 낮에 크, 크리스랑 농구해서 엄청 피곤한데 낼 통화하면 안 돼?"

한결은 부러 졸린 듯한 목소리를 냈다.

"게임 못 하는 건 잘됐네. 너 이번 휴일에 뭐 할 거야? 집에서 게임만 하지 말고 박물관 같은 데라도 가고 해. 엄마가 검색해 보니까 킹스턴 스트리트 31번지에 박물관 있더라. 그 옆에 도서관도 있고. 사진 많이 찍는 거 잊지 마. 참, 그리고 너 봉사 활동도 해야 하는 거 알지?"

"아, 아, 알았어. 마, 마, 마크랑 다, 다음 주에 노, 노인 요, 요양원에 가, 가기로 해, 했어. 나, 나, 나 좀 자면 안 돼요?"

한결의 말더듬이 심해지자 엄마가 한숨을 쉬곤 잘 자라며 전화를 끊었다. 말을 더듬게 된 건 미국에 와서부터다. 처음엔 영어를 쓸 때만 그랬는데 언제부턴가 한국말을 할 때도 더듬거리게 되었다. 던지듯 놓은 휴대폰이 바닥으로 떨어졌지만 한결은 줍지 않았다. 인터넷이나 게임은 안 되면서 엄마 잔소리만 무제한으로 전해 주는 전화기 따위 부서져도 상관없었다. 미국 올 때 엄마는 한결의 스마트폰을 빼앗았다. 지금 쓰고 있는 전화기는 통화와 문자만 되는 선불폰이었다. 엄마를 제지할 수 있는 유일한 무기는 서로 다른 밤낮이다.

누운 채 멀뚱거리자니 허기가 몰려왔다. 배가 고프면 잠도 오지 않았다. 옷장에 숨겨 놓고 먹던 초코바는 다 떨어졌다. 한결은 무엇으로든 배를 채울 생각에 방을 나갔다. 2층엔 팔머 씨 부부의 침실을 비롯한 방들이 복도를 사이에 두고 양옆으로 들어차 있었다. 2층 들머리에 있는 한결의 방과 대각선으로 마주한 팔머 씨 부부의 방은 조용했다. 부부는 항상 10시 반이면 자리에 들어 6시에 일어났다.

한결은 어슴푸레한 빛에 의지해 방을 나섰다. 1층 전원은 내리지 않았는지 계단 센서 등이 켜졌다. 현관 옆 자기 집에 있던 베키가 그르릉, 하고 아는 체했다. 덩치가 크고 털이 검은 잡종 개였다. 한결의 얼굴에 미소가 번졌다.

"베키, 나 때문에 깬 거야? 미안해."

한결이 다가가 턱을 어루만져 주자 베키는 꼬리를 흔들었다.

"이제 그만 자. 낼부터 노니까 산책 더 많이 시켜 줄게."

한결의 다정한 속삭임에 베키는 만족한 듯 주둥이를 앞발 위에 내려놓았다.

주방으로 간 한결은 냉장고에서 우유 팩을 꺼내 입을 대고 마셨다. 전원을 끈 것에 대한 소심한 복수였다. 우유를 마시자 배가 더 고파졌다. 냉장고를 뒤져 보았지만 오이나 가지, 파프리카 같은 채소만 들어 있을 뿐이었다. 갓 튀긴, 바삭바삭하면서도 기름이 흐르는 치킨 생각이 간절했다. 패티가 두꺼운 햄버거도 먹고 싶었다. 컴퓨터를 못 하게 되자 야식이라도 배부르게 먹고 싶어졌다. 다섯 블록 떨어진 시내에 가면 늦게까지 하는 패스트푸드점도 있고 24시간 편의점도 있다.

한결은 팔머 씨에게 들리도록 기척을 내며 방으로 돌아간 뒤 돈을 챙겨선 살금살금 나왔다. 외출하겠다고 해 봤자 밤이라고 허락하지 않을 게 뻔했다. 한결은 여닫을 때마다 종소리가 나는 현관이 아니라 뒷마당으로 난 문을 열고 나갔다.

밖에서 비쳐 들던 불빛은 가로등이 아니라 달빛이었다. 보름달이 커다란 등처럼 하늘에서 빛나고 있었다. 집보다 키가 큰 물푸레나무가 옆집 벽 전체에 그림자를 드리웠다. 뒷마당엔 바비큐장이 있었지만 그곳에서 고기를 구워 먹은 적은 없었다. 노릇노릇 구운 삼겹살 맛이 떠올라 한결은 입맛을 다셨다.

'치킨이든, 햄버거든 배 터지게 먹고 오는 거야.'

쪽문을 열고 밖으로 나간 한결은 문틈에 나뭇가지를 끼워 잠기지 않게 했다. 가로등보다 훤한 달빛이 오히려 인적 드문 길을 괴괴하게 만들었다. 방으로 되돌아가고 싶은 마음이 살짝 들었지만 두려움보다 허기가 강했다. 한결은 시내를 향해 걷기 시작했다.

팔머 씨는 건강상의 이유로, 팔머 부인은 기호의 문제로 육류를 먹지 않았다. 식탁에 육류 요리가 오르는 경우는 거의 없었다. 대신 팔머 부인은 샌드위치용으로 슬라이스된 햄, 칠면조, 닭고기 들을 딱 일주일 치씩 사다 놓았다. 도시락은 한결이 직접 싸는데 샌드위치 속을 조금 두툼하게 넣으면 수요일만 돼도 재료가 떨어졌다. 그 뒤에는 피넛버터에 잼이나 잔뜩 발라 가는 수밖에 없었다. 그런 것들은 아무리 많이 먹어도 먹은 것 같지 않았다. 한결은 늘 배가 고픈데 한국에서보다 10킬로그램이나 더 찐 게 이상했다. 엄마는 영상통화를 할 때마다 체중 조절을 하라고 성화였다. 한결은 곧 먹게 될 기름진 음식 생각만으로도 입 안에 침이 고이고 걸음이 빨라졌다.

다음 날 아침, 한결이 식당으로 내려가니 팔머 씨 부부가 아침 식사 중이었다.

"굿모닝, 로이! 일찍 일어났구나. 일찍 자니까 스스로 깰 수 있고 얼마나 좋으냐."

빵에 버터를 바르고 있던 팔머 씨가 우렁우렁한 목소리로 말했다. 자기 덕에 한결이 게임을 못 하고 일찍 자서 일찍 일어난 거라고 생각하는 모양이었다. 한결은 속으로 코웃음을 쳤다.

지난밤 시내에 나갔던 한결이 돌아온 것은 새벽이었다. 한결은 자신이 보고 온 것이 믿어지지 않았다. 게임을 할 때보다 더 흥분 상태였다. 깜빡 잠들었던 한결이 깨어난 건 밥때를 기억하는 위장 때문이다.

"로이, 우유는 열린 것부터 마시도록 해라."

냉장고로 가는 한결에게 팔머 부인이 말했다. 한결은 시리얼을 가득 담은 그릇에 우유를 부어 식탁으로 가 앉았다.

"로이, 오늘 뭐 해? 숲에 가기 딱 좋은 날씨로구나."

막 시리얼을 떠먹으려던 한결은 침을 꿀꺽 삼켰다. 그 말은 팔머 씨가 자기 집 짓는 데 같이 가자는 말이다. 경찰을 하다 은퇴한 팔머 씨는 현재 한결의 학교와 같은 울타리 안에 있는 세인트폴 초등학교의 캠퍼스 경찰이다. 팔머 씨는 주말마다 부인과 둘이서 자기 소유의 숲에다 집을 짓고 있었다. 2년째라는데 완성되려면 아직 멀어 보였다. 지난번에 가서 나무를 나르느라 알밴 게 아직도 풀어지지 않은 상태였다. 한결은 마음을 단단히 먹고 말했다.

"오, 오, 오늘 티, 팀 과제가 있는데요."

"그래? 그것 참 안됐구나."

팔머 씨는 집 짓는 일이 즐거운 놀이라도 되는 양 말했다. 심부름꾼이 없으니 서운하단 거겠지. 그동안 한결은 눈이 쌓이는구나, 잔디가 많이 자랐구나, 홈통이 막혔구나, 비가 올 것 같구나, 베키가 심심한가 보구나, 베키한테서 냄새가 나는구나, 할 때마다 눈을 치우고, 잔디를 깎고, 홈통에 쌓인 낙엽을 걷어 내고, 빨래를 걷고, 개 산책과 목욕을 시켰다. 그중에서 한결이 좋아하는 일은 베키 산책시키는 것뿐이었다. 목욕시키는 것도 나쁘지는 않았다. 경비견의 혈통이 섞여 있는 늠름한 베키와 나가면 한결은 어깨가 펴지는 기분이었다. 부드러운 털을 쓰다듬고 있노라면 마음마저 푸근해졌다. 팔머 씨 부부는 한결이 한 가족처럼 잘 어울리고, 가정일에도 적극적으로 동참하고 있다고 유학원의 학생 평가지에 답했다.

"하, 함께 가, 가지 못해서 미안해요."

"할 수 없지. 다음에 또 기회가 있으니 너무 서운해하지 말거라."

"로이, 내일 코네티컷에는 정말 안 갈 거니?"

팔머 부인이 물었다. 코네티컷에는 팔머 씨의 셋째 딸이 살고 있다. 손주 생일 파티와 집들이를 같이 해 주말 동안 온 가족이 그 집에서 모이기로 했다는 것이다. 팔머 씨 부부는 한결을 데려가고 싶어 했다.

“과, 과제가 마, 많아요. 베, 베키하고 지, 집에 있을게요.”

한결은 혼자 마음껏 지낼 수 있는 기회를 놓치고 싶지 않았다.

“그럼 베키를 부탁하마. 오늘 팀 과제는 어떤 거니?”

유학원의 지역 코디네이터를 했던 적이 있는 팔머 부인을 속이는 일은 더 어려웠다.

“뉴, 뉴, 뉴잉글랜드호 박물관에 가, 가야 해요. 거, 거기 보고 보, 보고서 써야 해요.”

한결은 겨우 말했다. 뉴잉글랜드호 박물관은 17세기 영국을 떠나온 이민자들이 타고 온 ‘뉴잉글랜드호’를 재현한 범선 모양의 박물관으로 해안가에 진짜 배처럼 정박해 있었다. 다음 주 역사 시간에 단체로 견학한다고 했다. 초등학생 때나 중학생 때 이미 여러 번 다녀온 아이들은 또 가느냐며 투덜거렸다.

한결은 자신이 지난밤에 본 게 꿈일지 모른다고 생각했다. 수업 시간에 들었기 때문에 꿈에 나왔을 것이다.

지난밤 한결은 시내를 거쳐 항구까지 갔다. 가는 동안 계속 바뀌던 메뉴가 시내에 다다라서야 항구에 있는 패스트푸드점에서만 파는 치킨으로 정해졌기 때문이다. 시내에서 두 블록만 더 가면 항구였다. 커다란 배와 요트 들이 정박해 있는 부둣가의 가게에서 한결은 금방 튀긴 바삭바삭한 치킨과 사이드 음식들을 목에 찰 때까지 먹었다.

그제야 포만감을 느끼며 패스트푸드점을 나서는데 주변 상점들의 불이 하나둘씩 꺼졌다. 불이 꺼질 때마다 마음속에 컴컴한 동굴이 하나씩 생기는 것 같았다. 잠깐 새 한결의 마음은 껍데기만 남은 것처럼 텅 비었다. 잔뜩 밀어 넣은 음식으로도 채울 수 없는 허기가 느껴졌다. 문득, 내가 지금 남의 나라 바닷가 촌구석에서 뭐 하고 있는 거지? 하는 생각이 들었다. 대도시의 야경과 소음이 못 견디게 그리워졌다. 마치 지구 반대편으로 유배당한 기분이었다. 고아가 된 것 같기도 했다.

그때 근처에서 떠들썩한 함성과 노랫소리, 북소리 같은 것들이 들려왔다. 가라앉은 기분을 일시에 깨우는 소리는 불을 환히 밝힌 배에서 나는 거였다. 선상 파티라도 벌어진 건가? 한결은 시끌벅적한 광경을 구경하고 싶어 그쪽으로 걸음을 옮겼다. 가까이 간 한결이 고개를 빼고 기웃거리는데, "헤이, 친구! 거기서 뭐해?" 하고 또래로 보이는 흑인 소년이 배 위에서 외쳤다. 주위를 둘러보았지만 한결 혼자뿐이었다. 한결은 소년을 올려다보며 엄지손가락으로 제 가슴을 가리켰다.

"그래, 너. 심심하면 이리 올라와."

부두와 배 사이에는 잔교가 놓여 있었다. 배에서 흘러나오는 흥겨운 소리가 가슴을 들썩이게 했다. 한결은 소리에 이끌려 잔교를 건넜다. 갑판 위에 올라서는 순간 한결은 눈이 휘둥그레졌다. 여기저기 내건 남포등과 횃불이 선상을 밝히고 있었다. 배에는 자신에게 말을 걸었던 소녀과 같은 흑인이 대다수였지만 동양인, 백인 들도 섞여 있었다. 하나같이 추레한 차림새였다. 그들은 어울려 이야기를 하고, 각양각색의 악기를 연주하고, 노래를 하고, 춤을 추고 있었다. 파티장이라기보다는 시장판 같았다.

자신을 불러들인 흑인 소녀이 손을 내밀었다.

"반갑다. 나는 지미야."

한결은 소녀의 말을 듣고서야 헤벌어진 입을 다물며 정신을 차렸다.

"내, 내 이름은 한결, 아, 아니 로, 로이."

한결은 버벅거리며 대답했다. 엄마는 곽한결이란 이름이 발음하기 힘들어, 미국 아이들한테 놀림당할지도 모른다면서 '로이'란 이름을 지어 주었다. 이제는 좀 익숙해졌지만 처음엔 누가 그 이름을 불러도 자기인 줄 몰라 대답을 못 하곤 했다. 그 때문에 더 멍청해 보였을지 몰랐다.

한결은 지미가 건네준 음료수를 받아 들고 그가 안내해 준 둥근 나무통 위에 걸터앉아 배 안을 둘러보았다. 여전히 얼떨떨한 기분이었다. 이렇게 많은 흑인을 한자리에서 본 건 처음이었다. 메이플 카운티는 도시인구의 90퍼센트 이상이 백인으로 이루어져 있었다. 학교에 한국 학생이 없을 것, 그리고 흑인이 많지 않은 지역에 홈스테이 가정이 있을 것.(홈스테이 주인은 당연히 백인이어야 했다.) 두 가지는 엄마가 한결의 학교를 고를 때 가장 우선순위로 꼽은 것들이었다. 엄마는 학교에 한국 학생이 있으면 한결의 영어가 늘지 않을 것이라 생각했고, 흑인이 많이 사는 곳은 우범 지역일 것이라는 선입견을 가지고 있었다. 유학원에서도 학교를 소개할 때 한국 학생이 없는 것과 백인 중심의 동네라는 것을 큰 장점으로 내세웠으니 엄마만의 선입견이나 고정관념이라고 할 수도 없었다.

이 배는 어디에서 온 걸까? 한결의 질문에 지미가 자기는 도망친 노예라고 했다. 배 안의 다른 사람들도 대부분 비슷한 처지라고 했다. 한결은 어리둥절해 물었다.

"노, 노예제도가 없어진 지 어, 언젠데 도망쳤다는 거야?"

그런 사실쯤은 미국 학교에서가 아니라 한국에서 배운 것이다.

"제도가 사라졌다고 세상이 저절로 바뀌는 건 아니야. 나는 두 번이나 붙잡혔지만 또 도망쳤어. 세 번째는 잡히지 않고 떠날 거야. 채찍질 따위는 무섭지 않아."

지미가 발가락 잘린 발과 몸의 상처들을 자랑스레 보여 주었다.

"저기 메이 아저씨는 대륙횡단철도 공사장에서 일하다 도망쳤어."

지미가 가리킨 남자는 중국 옷을 입고 중국말로 떠들고 있었다. 한결은 미 대륙횡단철도가 완성된 게 1800년대 중반임을 떠올렸다. 그때 노동자는 대부분 중국인이었다고 했다. 역사 시간에 하품을 참으며 들은 이야기였다.

지미는 계속해서 이 사람, 저 사람의 이력에 대해 설명했다. 이야기를 들을수록 한결은 점점 더 혼란스러워졌다. 사람들이 살았을 시간대가 뒤섞여 있기 때문이었다. 뿐만 아니라 그들은 각자 자기 나라 언어로 말하고 있었다. 눈으로 보면서도 믿기지 않는 광경이었다. 그런데도 이 상황을 이상하게 생각하는 사람은 한결뿐인 것 같았다. 한결은 자기 허벅지를 세차게 꼬집다 터져 나오는 비명을 삼켰다.

누군가 노래를 부르자 앉아 있던 사람들이 하나둘씩 나무통을 북처럼 두드리기 시작했다. 지미도 몸을 흔들며 자기의 통을 두드렸다. 이름을 알 수 없는 온갖 모양의 악기들도 북소리와 어우러졌다. 사람들은 각기 자기 나라 말로 노래 부르고 춤추었다. 지미가 북소리에 실어 소리쳤다.

"우린 자유를 찾아 곧 떠날 거야. 너도 함께 가지 않을래?"

이제 보니 지미가 하는 말도 영어가 아니었다. 하지만 동시통역기라도 꽂고 있는 것처럼 다 알아들을 수 있었다. 함께 가지 않을래? 그 말이 북소리처럼 가슴을 두드렸다. 한결은 몸은 물론 가슴속, 머릿속까지 뜨거워지는 것을 느꼈다. 내가 미친 걸까? 겁이 덜컥 난 한결은 통을 박차고 일어나 배를 뛰쳐나왔다. 내려

와서 보니 해무가 감돌고 있는 배 몸통에 '뉴잉글랜드호'라고 쓰여 있었다.

꿈이라고 하기에는 진짜처럼 생생했고, 실제라고 하기에는 너무 허무맹랑했다.

어제 일을 생각하니 다시 가슴이 뛰었다.

"이, 이따 자, 자전거 좀 쓸게요."

"그러렴. 헬멧 꼭 쓰고, 안전 수칙 잘 지켜야 한다."

팔머 씨가 주의를 주었다.

팔머 씨 부부가 베키까지 데리고 숲으로 출발한 뒤 한결은 서둘러 집을 나섰다. 지난밤 목격한 것을 확인해 보고 싶었다. 막 집을 나서는데 엄마한테서 전화가 왔다. 한결은 박물관에 가는 길이라고 당당하게 말할 수 있었다.

미국 북동부 대서양 연안에 위치한 메이플 카운티는 인구는 적었지만 숲과 바다가 함께 있는 관광도시였다. 내륙엔 메이플 시럽 생산지인 단풍나무 숲이 펼쳐져 있었고 해안가엔 유서 깊은 등대와 식당들, 멋진 해안 도로, 연안을 돌거나 캐나다의 섬을 오가는 크루즈 항구가 있었다. 카운티의 번화가는 항구와 맞닿아 있었고 뉴잉글랜드호 박물관도 그 근처에 있었다.

한결은 숨이 찰 정도로 세차게 페달을 굴렀다. 시내의 상점마다 굿프라이데이 세일 광고가 붙어 있었다. 시내 외곽의 창고형

쇼핑몰에서 띄워 올린 애드벌룬이 춤을 추었다. 하늘은 맑았고 구름은 온화했고 바다는 태평스러웠다. 바람 또한 옷자락과 머리카락을 기분 좋게 날릴 만큼 불었다.

항구, 아니 뉴잉글랜드호 박물관이 가까워질수록 한결의 가슴은 더 높이 뛰었다.

해양 구조대 사무소 앞에 다다른 한결은 그 옆에 있는 보관대에 자전거를 잠가 놓고 천천히 걷기 시작했다. 멀리 뉴잉글랜드호 박물관이 보였다. 가슴이 걷잡을 수 없이 뛰었다. 한결은 마음을 가라앉히기 위해 주위를 둘러보았다. 해안가에 줄지어 선 독특한 외관의 건물들은 대부분 바닷가재 식당들이었다. 대형 바닷가재는 메이플 시럽과 함께 지역 특산물이었다.

한결은 그동안 바닷가재를 질리게 먹었다. 근처에 사는 팔머 부인의 동생은 바닷가재잡이 배의 선장이었다. 다리나 꽁지가 떨어졌다고 해서 맛도 떨어지는 건 아니라며 팔머 부인은 뻘겋게 익은 바닷가재가 수북한 접시를 내놓곤 했다. 처음엔 자랑삼아 바닷가재 사진을 찍어 엄마에게 보냈다. 엄마는 그 사진을 자신의 SNS에 올렸다.

엄마의 SNS를 보면 한결은, 모의고사와 수시에 필요한 스펙 쌓기에 찌든 여느 한국 고딩들과는 달리 한적하고 아름다운 뉴잉글랜드 지역의 백인 중산층 가정에서 손주나 막내아들처럼 사랑받으며 사는 행복한 아이였다. 한결은 엄마의 SNS에 등장하는 둘째 아들이 자기가 아닌 것만 같았다. 유학 준비를 위해 엄마가 어디선가 만들어 온 자신의 자기소개서를 보았을 때도 마찬가지였다. 한결은 머리 좋고, 활달하고, 재능 많고, 적극적인 그 아이가 누구냐고 묻고 싶었다. 한결은 혹시라도 학교 아이들이 타고 들어가 엄마 SNS를 보게 될까 봐 자기 계정을 삭제해 버렸다.

한결은 긴장한 채 뉴잉글랜드호로 갔다. 배에는 레스토랑과 스낵바가 있어 누구든지 자유롭게 드나들 수 있었다. 배에 오르는 한결의 심장은 어제보다 더 벌렁거렸다. 관광객으로 보이는 연인이 갑판 위의 테이블에 마주 앉아 음료를 마시며 셀카를 찍고 있었다. 배 가장자리에 서서 바다를 배경으로 사진 찍는 사람들도 있었다. 여기저기 유니폼 입은 직원들이 돌아다니는 평범한 풍경에선 지난밤 일을 상상조차 할 수 없었다.

'그게 정말 꿈이었다고?'

그러면 그렇지 하면서도 허탈함과 실망감에 맥이 풀리는 것 같았다. 한결은 배 안을 살폈다. 밧줄로 된 그물이 복잡하게 이어진 세 개의 돛대에는 돛이 둘둘 말린 채 걸려 있었고, 배 한구석에는 쇠로 된 커다란 닻도 놓여 있었다. 배는 돛을 펼치면 당장이라도 출항할 수 있을 것 같았다. 한결은 바다를 항해하는 범선의 모습을 떠올렸다. 약간 들린 듯 경사진 뱃머리로 가자 파도를 가르며 달리는 기분이 들었다. 한결은 기계실과 나선형 계단 위에 있는 조타실도 구경했다. 하지만 어젯밤의 일에 비하면 성에 차지도 않았다. 한결은 스낵바 주문대로 가 블루베리 스무디를 시키며 점원에게 물었다.

"과, 관람하는 곳이 가, 갑판 위가 전부인가요?"

"갑판 아래 전시관이 있어요. 영수증을 가져가면 무료예요."

점원이 가리키는 곳을 보니 머리가 허옇고 퉁퉁한 아저씨가 입구를 지키고 앉아 있었다. 한결은 그쪽으로 갔다. 아저씨는 음료수를 가지고 들어가면 안 된다고 했을 뿐 영수증 확인도 하지 않았다. 그냥 버리기가 아까워 한결은 한꺼번에 스무디를 빨아들였다. 차가운 것을 한 번에 삼키자 골이 띵했다. 내용물이 조금 남은 컵을 휴지통에 버린 뒤 한결은 갑판 아래로 난 계단을 보았다. 좁고 가파른 계단 아래쪽은 컴컴했다.

한결은 조심스레 계단을 내려갔다. 일부러 조도를 낮춘 듯한 어둑한 내부 들머리에 뉴잉글랜드호 박물관에 대한 설명이 있었다. 배 이름은 17세기에서부터 선박들이 증기선으로 바뀌기 시작한 19세기 초까지 대서양을 운항하던 범선들을 통칭한 것이었다. 그때 당시 배에서 사용한 물품, 식료품, 배에 탔던 사람들의 소지품 등이 전시돼 있었다. 그리고 칸을 나눠 시대별로 그림이나 사진 들이 설명과 함께 전시돼 있었다.

승객들은 시대에 따라 아메리칸드림을 찾아온 각 나라의 이민자들과 끌려온 흑인 노예들, 종교적인 이유로 자기 나라를 떠난 사람들까지 다양했다. 설명을 읽으며 안으로 들어가던 한결은 불쑥 나타난 사람들을 보곤 기겁했다. 선원이며 승객 들의 모습을 신분이나 남녀별로 만들어 놓은 밀랍 인형이었다. 그것들은 금방이라도 살아 움직일 것만 같았다. 한결은 더 구경할 엄두를 내지 못하고 도망치듯 전시관을 빠져나왔다. 맑은 햇살이 내리쬐는 갑판에서는 아까보다 많은 사람들이 대서양의 풍광을 즐기고 있었다. 테이블을 정리하던 점원이 한결에게 하얀 이를 드러내며 인사했다.

"시 유!"

배에서 내린 한결은 뒤돌아보았다. 분명히 뉴잉글랜드호는 배 모양의 박물관일 뿐이었다. 한결은 뒤늦게 엄마의 말이 떠올라 사진을 찍었다. 배를 배경으로 셀카도 찍었다. 자전거 보관대로 가는 동안 한결은 어젯밤 일은 꿈이었다고 결론지었다. 그게 아니라면 자신에게 자면서 돌아다니는 몽유병이나, 헛것이 보이는 정신병이 생겼다고밖에 생각할 수 없기 때문이다.

금요일 오전, 드디어 팔머 씨 부부가 딸네 집으로 떠났다. 팔머 부인은 2박 3일 동안 한결이 해야 할 것들을 빼곡하게 적어 냉장고에 붙여 놓았다. 베키 밥 주기, 산책시키기, 배설물 치우기, 집 환기시키기, 문단속하기, 불 끄기, 빈 그릇 바로 설거지하기, 바닥에 물 흘렸을 때 바로 닦기, 음식물 쓰레기 바로 처리하기…….

팔머 씨는 차에 오르는 순간까지도 하지 말아야 할 것들을 강조했다. 음주, 파티, 음악 크게 틀기, 밤샘 게임, 게임하며 음식 먹기, 침실에 베키 들이는 것, 베키 산책시킬 때 목줄 풀어 주는 것……. 팔머 부인이 하라는 것은 모두 하기 싫었고 팔머 씨가 하지 말라는 것은 하나같이 하고 싶은 것들뿐이었다.

한결은 엄마에게 팔머 씨 부부가 집을 비운다는 이야기를 하지 않았다. 한결이 혼자 있는 걸 안다면 엄마는 시시각각 간섭하려 들 것이다. 미국 온 뒤로 처음 얻은 자유를 방해받고 싶지 않았다. 하지만 엄마는 이미 그 사실을 알고 있었다. 그리고 기회를 놓치지 않았다. 성적이 잘 나오지 않는 과학 과외를 준비해 둔 것이다.

"오늘하고 내일, 거기 시간으로 밤 7시부터 9시까지 스카이프로 할 거야. 선생님한테 네 아이디 알려 드렸으니까 미리 다 준비해 놓고 기다리고 있어. 선생님이 주말에 너무 바빠서 아침 시간 겨우 뺀 거니까 정신 차리고 열심히 해야 돼. 기말고사 성적도 이번처럼 나오면 답 없다."

전화를 끊은 한결은 주먹으로 몇 번이고 소파를 내리쳤다.

한결은 중학교 때까지 상위권 성적을 유지했다. 형을 의대에 입학시킨 뒤, 엄마는 한결의 대학 보내기 작전에 돌입했다. 중3 겨울방학 내내 학원과 과외로 숨 가쁘게 보냈지만 고등학교에 들어가 처음 치른 모의고사 성적은 엄마 기대에 한참 못 미쳤다. 엄마는 한결의 유학을 결정했다. 극성떤다고 못마땅해하던 아빠는 큰 아들이 의대에 들어가자 교육에 관한 한 엄마를 신봉하게 됐다.

학교와 홈스테이, 모든 것을 완벽하게 세팅해 놓은 엄마는 한결에게 '이제 너만 형처럼 잘하면 돼.'라고 말했다. 한결도 성적으로 아이들을 줄 세우는 한국 고등학교와 엄마의 간섭을 벗어나는 게 좋기만 했다. 또한 남들이 다 알 만한 미국 대학에 합격해 형 못지않은 동생이 되고 싶었다. 하지만 한결은 첫 시간에 머릿속이 하얘지면서 아무 말도 하지 못했다. 첫 실수가 계속 뇌리에 남아 위축됐고, 아이들이 말 걸어오는 것도 두려웠다. 말을 더듬기 시작한 건 그때부터였다.

엄마는 아이비리그에서 주립대로 목표와 기대를 낮췄다. 마지노선이었다. 형은 짧은 겨울방학 때 집에 간 한결을 보며 '돈 먹는 하마'라고 놀렸다. 한결은 '돈 먹는'보다 '하마'가 더 신경에 거슬렸다. 한결은 겨울방학 내내 하루에 열 시간씩 과외를 받으며 미국 대학 수능시험인 SAT 준비를 한 뒤 다시 메이플 카운티로 돌아왔다. 다가올 여름방학 때도 마찬가지일 것이다.

영상 과외가 끝났다. 과외 시간 직전까지 게임하느라 저녁을 먹지 못했던 한결은 아래층으로 내려갔다. 베키가 다가와 킹킹거렸다. 그러고 보니 베키에게도 밥을 주지 않았다. 한결은 베키의 밥그릇에 사료와 물을 부어 주었다. 그러곤 식빵에 슬라이스 햄을 듬뿍 끼워 넣은 뒤(팔머 부인은 평소보다 넉넉하게 냉장고를 채워 놓았다.) 우유에는 초콜릿 가루를 잔뜩 넣었다. 게임을 하며 먹을 계획이었다. 그래야 과외 받느라 쌓였던 스트레스가 좀 풀릴 것 같았다. 한결이 조급해하며 2층으로 올라가려는데 베키가 사료를 먹다 말고 낑낑거리며 안절부절못했다. 한결의 얼굴에 미안한 기색이 번졌다.

"더 많이 놀아 준다고 해 놓고, 미안. 밥 같이 먹자. 오늘은 밤새도 뭐라 할 사람 없는데 뭐."

한결은 베키 옆에 쭈그리고 앉아 빵을 먹었다. 우유까지 모두 마신 뒤 그릇을 개수대에 넣고 올라가려고 하자 베키가 바지 자락을 물고 잡아당겼다. 그러고 보니 산책도 건너뛰었다. 한결은 밖을 내다보았다. 그제 밤처럼 둥근 달이 세상을 훤히 비추고 있었다. 머릿속에 뉴잉글랜드호의 풍경이 스쳐 갔다. 가슴이 뛰었다. 꿈이 분명해. 한결은 마음을 눌렀다. 게임은 몇 시간씩 해도 아무렇지 않은데 두 시간 수업한 것 때문에 머리가 무거웠다. 한결은 바람도 쐴 겸 베키 산책을 시키기로 했다. 나갔다 와서 밤새 달리는 거다!

밖으로 나가자 베키는 늘 산책 다니던 공원으로 가려고 했다. 한결은 충동적으로 베키의 목줄을 잡아당겨 시내 쪽으로 방향을 바꾸었다. 꿈인 줄은 알지만 나온 김에 그냥 가 보려는 거야. 한결은 스스로에게 변명하듯 말했다.

금요일 밤의 시내는 수요일보다 더 환하고 붐볐다. 카페나 술

집에서 가게 앞에 내놓은 테이블은 사람들로 가득했다. 한결은 아무 데도 눈길 주는 법 없이 이리 뛰고 저리 뛰는 베키를 이끌고 곧장 해안가로 갔다. 그곳에도 사람들이 많았다. 뉴잉글랜드호 박물관도 마찬가지였다. 멀리서도 불이 환했고 사람들의 그림자가 어른거렸다.

"밤에도 식당을 하는 모양이네."

한결은 기대감을 없애기 위해 중얼거렸다. 드디어 배 아래 섰다. 그날 밤처럼 흑인 소년이 내려다보며 소리쳤다.

"헤이, 친구! 거기서 뭐 해? 그래, 너. 심심하면 이리 올라와."

대사도 똑같았다. 한결은 무서운지 꽁무니를 빼며 버티는 베키를 끌고 잔교를 건넜다. 역시 그날 밤처럼 배 위엔 불이 환했고 다양한 인종들이 가득 모여 있었다. 환한 데서 지미를 본 한결의 얼굴이 굳어졌다. 그는 분명히 자신에게 전시관을 가르쳐 주고 '시유!'라고 말했던 카페 점원이었다. 낮에는 유니폼 차림이어서 몰라봤는데 세 번째 보자 확실하게 알 수 있었다.

"환영한다. 나는 지미야. 너는?"

지미는 한결을 처음 본 것처럼 말했다.

"지, 지, 지미. 너, 너 나 몰라? 나, 나 하, 한결, 아니 로, 로이. 아, 아까 낮에도 보, 보고, 그, 그저께 밤에도 봤잖아."

한결이 간신히 말했다.

"그랬나? 암튼 우린 곧 출항할 거야. 자유를 위해 떠나는 거지.

너도 함께 가지 않을래?"

수요일 밤에도 들었던 말이었다. 그날은 그 말을 듣고 도망쳤지만 오늘은 침을 한번 삼킨 뒤 물었다.

"어, 어, 어디로 가는데?"

"어디든 '깜둥이' 대신 이름으로 불리는 곳, 주인의 명령 대신 내가 나 자신의 주인이 돼서 사는 곳. 그런 곳으로 갈 거야. 자, 함께 춤추자."

지미가 리듬을 타며 춤추는 사람들의 무리로 섞여 들었다. 한결은 지미의 뒷모습을 멍하니 바라보았다. 내가 나 자신의 주인이 돼서 사는 곳? 그런 곳은 어디일까? 있기나 할까? 열여덟 살이 되는 동안 한 번도 경험해 보지 못한 삶이었다. 한두 시간의 자유는 원해 봤지만 인생의 자유에 대해서는 생각해 본 적도 없었다. 한결은 자신이 어떤 사람인지조차 알지 못했다. 갑자기 막막하고 두려워졌다. 지미가 다가와 한결을 잡아끌었다.

"무슨 생각을 그렇게 해? 네 개도 저렇게 신나게 놀잖아."

목줄을 풀어 주었더니 베키는 배가 좁다고 뛰어다니며 쥐를 쫓아다니고 있었다. 겅중거리는 모습이 춤추는 것 같았다. 쭈뼛거리던 한결도 차츰 사람들과 어울려 손뼉 치고 발을 구르고, 노래 부르며 춤추었다.

드디어 날이 밝아 왔다. 바람이 불었다. 배 안이 바빠지기 시작했다. 밤새 놀던 사람들은 출항 준비를 시작했다. 한결도 지미와 함께 심부름을 했다. 닻을 올리고 돛을 펼치자 마침내 흰 돛이 팽팽하게 부풀며 배는 바다 위를 미끄러지듯이 나아갔다. 사람들이 모자와 옷을 던져 올렸다. 배 안은 함성으로 가득 찼다. 한결은 지미와 손을 잡고 펄쩍펄쩍 뛰며 소리 질렀다. 베키도 기뻐 날뛰었다.

난바다는 한가롭고 평화로웠다. 한결은 지미와 함께 해먹에 누워 배의 일렁거림을 즐기고 있었다. 드넓은 하늘에서 구름이 모였다 흩어졌다 하며 갖가지 모양을 만들어 냈다. 베키도 그늘에 길게 누워 낮잠을 즐기고 있었다. 한결은 온몸이 녹아드는 것처럼 편안한 잠 속으로 빠져들었다.

전화벨 소리에 눈을 뜬 한결은 꿈에서 깬 것이, 아니 모든 게 꿈이었다는 사실이 눈물 날 만큼 야속했다. 전화를 한 사람은 팔머 씨였다.

"로이, 잘 지내고 있겠지? 캐리가 스크램블 해 먹을 때 안쪽에 있는 달걀부터 쓰라는구나. 그리고 허리케인이 온다니 창문 단속을 했으면 좋겠다. 베키도 잘 챙기고. 내일 오후 5시쯤 집에 갈 거다."

바람에 창문이 덜컹거렸다. 창문 단속은 걱정할 일이 없었다. 팔머 씨 부부가 떠난 뒤 한 번도 열지 않았으니까. 휴대폰을 보니 엄마로부터 그사이 여러 통의 전화와 문자가 와 있었다. 한결은 무시한 채 TV를 켰다. 올해 들어 처음 발생한 허리케인은 큰 규모가 아니어서, 피해보다는 기상 이변에 대한 걱정이 더 심각했다. 캐스터는 해안의 선박이나 시설물들이 허리케인에 피해를 입지 않도록 대비하고 주의하라는 말로 예보를 끝냈다.

뉴잉글랜드호는 괜찮을까? 그 생각부터 떠올라 한결은 머리를 흔들었다. 꿈이잖아. 꿈이 어찌 그리 생생할 수 있는지, 왜 같은 내용을 반복해서 꾸는 건지 이상했지만 깊게 생각하지 않기로 했다. 어떤 답이 나와도 실제인 게 더 기이한 일이었다. 한편으론 꿈에게 농락당하는 것 같아 더러운 기분이 됐다. 꿈은 무의식의 발로라니까 내가 그렇게 떠나고 싶은가 보지. 한결은 남의 일인 것처럼 내뱉었다. 꿈에서 보았던 사람들도 각자 자신들의 꿈을 꾸는 걸 거야.

그것보다 벌써 오후 4시라는 사실에 더 화가 났다. 어이없는 꿈에 빠져 아까운 시간을 날려 버린 것이다. 배가 고팠다. 밥 먹고 게임 좀 하다 보면 영상 과외 시간이다. 과외를 마치고 나면 오늘은 베키가 아무리 나가자고 졸라도 듣지 않고 마지막 밤을 즐길 것이다. 끼니를 때우기 위해 주방으로 가던 한결은 베키의 기척이 없음을 깨달았다. 현관에는 설거지라도 한 것처럼 깨끗한 밥그릇과 물그릇만 있을 뿐이었다. 소리쳐 불러도 나타나지 않아 방마다 뒤져 보았지만 집 안에는 없었다. 배 위에서 낮잠을 즐기던 베키의 모습이 떠올랐다.

정신 차려. 그건 꿈이잖아. 한결이 밥도 주지 않고 산책도 시켜 주지 않자 베키는 밖으로 나간 것이다. 집 안은 물론 뒷마당, 집 주변까지 찾아다녔지만 베키는 어디에도 없었다. 정원에서 바람 단속을 하던 이웃집 남자가 왜 그러느냐고 물었다. 한결은 아무것도 아니라고 대꾸하곤 얼른 집으로 들어왔다.

곧 비도 쏟아질 텐데. 한결은 불안하고 걱정됐다. 베키는 팔머 씨 부부의 가족 같은 개였다. 만일 베키에게 무슨 일이 생기면 팔머 씨 부부는 한결을 용서하지 않을 것이다. 지금까지는 가식으로라도 미소 짓는 얼굴로 대했지만 자신들에게 조금이라도 손해를 끼치면 어떻게 변할지 몰랐다. 팔머 씨에겐 총도 있었다. 어쩌면 한국으로 돌아가게 될 수도 있다. 한결은 겁이 덜컥 났다. 쫓겨나듯 돌아가고 싶지 않았다. 다시 1학년부터 한국 고등학교에 다니는 것도, 학교를 그만두고 검정고시 쳐서 대학에 가는 것도 다 자신 없었다. 자신을 루저 취급하며 못마땅해하거나 비웃을 가족과 대면하는 건 더 싫었다.

한결은 다시 집을 나가 평소에 베키와 산책하던 공원으로 달려갔다. 덤불 속까지 샅샅이 뒤져 보았지만 찾을 수 없었다. 혹시 집에 와 있을지 몰라 정신없이 되돌아왔지만 보이지 않았다. 시간이 지날수록 구름은 더 짙어졌고 바람도 더 강해졌다. 한결은 아무것도 하지 못하고 베키가 돌아오기만을 기다렸다. 산책 나갔을 때 앞장서 집으로 오던 베키이니 혼자서도 찾아올 것이다. 그

때 휴대폰 벨이 울렸다. 한결은 누가 심장이라도 움켜쥔 듯 놀랐다. 엄마였다. 상황을 말해 봤자 도움을 주기는커녕 잔소리만 늘어놓을 게 분명했다. 한결은 받지 않았다. 문자가 왔다.

—왜 이렇게 전화도 안 받고 답도 없어? 수업 준비하고 있지? 대기하고 있다 선생님 전화 바로 받아.

한결은 휴대폰을 팽개쳤다. 바람이 창문을 부술 듯이 흔들었다. 더 초조하고 불안해진 한결은 거실을 서성거렸다. 도대체 어디로 간 거야? 한결이 우뚝 멈춰 섰다. 꿈에서 없어졌잖아. 그럼 다시 꿈을 꾸면 돼. 꿈은 어떻게 꾸지? 일단 꿈은 뉴잉글랜드호에 오르는 순간부터 시작되는 것 같았다. 그 뒤 어떻게 집으로 돌아왔는지는 잘 기억나지 않지만 배에 탈 때까지는 실제가 분명했다. 기든 아니든 베키를 찾을 수 있는 마지막 희망이었다. 뛰쳐나가려는데 한결을 잡듯 엄마로부터 전화가 왔다. 곧 과외 시간이었다. 짧은 순간 망설이던 한결은 엄마에게 문자를 보낸 뒤 휴대폰을 소파 위에 다시 던졌다.

검은 구름이 잔뜩 드리운 하늘은 밤처럼 어두웠다. 자전거를 탄 한결은 바람에 휘청거리며 항구 쪽으로 달려갔다. 거리엔 가로수 굵은 가지들이 미친 듯이 휘날렸고, 쓰레기들이 서핑을 하듯 날아다녔다. 주택가 집들은 덧창까지 닫았고, 상점들은 가게 앞에 내놓았던 입간판을 들여갔다. 사람들은 서둘러 귀가했다.

한결은 뉴잉글랜드호로 달려갔다. 그곳은 평소처럼 불이 환했다. 지미가 자신을 내려다보고 있었다. 한결은 눈물이 날 만큼 그가 반가웠다.

"헤이, 친구 거기서 뭐 해? 심심하면 올라오지그래."

지미가 한결에게 말했다. 한결은 자전거를 팽개치고 배 위로 뛰어갔다. 비가 쏟아지기 시작했다.

"너 베키 못 봤어? 개 말이야. 검은 털이 나 있는 개야."

한결은 지미의 멱살을 틀어쥘 기세로 물었다.

"안됐구나. 베키는 여기 없어. 하도 날뛰어서 목줄을 매려고 했더니 바다로 뛰어들었어."

지미가 빈 개 줄을 들어 보였다. 베키의 목줄이었다. 한결은 지미가 가리키는 쪽으로 뛰어갔다. 그러곤 아래를 내려다보며 비명처럼 베키를 불렀다. 배가 출렁거렸다. 솟구친 검은 물결이 얼굴까지 튀었다. 베키쯤은 삼키고도 남을 파도였다. 육지와 아주 가까운 거리였지만 땅에서만 살아온 베키가 수영을 할 수 있을지 몰랐다. 한다고 해도 사나운 물결이 고이 땅으로 보내 주었을지 의문이었다.

지미가 다가와 목줄을 한결에게 건네주었다. 개 줄을 움켜쥔 채 한결은 바닥에 주저앉았다. 울음이 터져 나왔다. 자신에게 베키가 어떤 존재였는지 한결은 베키를 잃고서야 확실하게 알았다.

베키는 메이플 카운티에서, 아니, 어쩌면 세상에서 가장 편하게 마음을 털어놓을 수 있는 친구였다. 그런 친구가 이제 세상에 없다. 목줄을 피해 바다로 뛰어들었다. 한결은 쭈그리고 앉아 흐느껴 울었다. 시간이 지나도 울음은 멈추지 않았다.

휴대폰이 없는데도 전화벨 소리가 계속 들려왔다. 엄마는 과외를 받지 않은 자신을 용서하지 않을 것이다. 엄마뿐 아니라 아빠, 형, 팔머 씨 부부의 목소리가 바람에 섞여 들려왔다. 온몸과 마음을 사정없이 두들겨 패는 것 같은 폭풍우는 그곳에서 시작되는 것 같았다. 하지만 피할 곳이 없었다. 한결에겐 마음 놓고 디딜 땅이 없었다. 그에겐 단 한 번의 헛디딤도 용납되지 않았다.

폭풍우 속에서 또다시 밤의 축제가 벌어지고 있었다. 비바람도 사람들의 춤과 노래를 막지는 못했다. 한결은 울면서 그들을 향해 소리쳤다.

"지금 떠나면 안 돼요? 지금 당장 떠나자구요."

한결의 외침은 비바람에 가로막혔다. 그들이 출항할 때까지 기다릴 수 없었다. 한결은 배에 대해 아무것도 모르면서 밧줄 그물을 계단 삼아 돛대를 향해 기어 올라갔다. 엉엉 울며, 덜덜 떨며 위로, 위로 올라갔다. 높이 올라갈수록 그물 계단은 사정없이 휘청거렸다. 한결은 거미줄에 걸린 채 날개가 찢어진 곤충처럼 이리저리 흔들리며 간신히 매달려 있었다. 그 순간 한결이 가장 보고 싶은 사람은 엄마였고, 아빠였고, 형이었다. 한결이 막 돛에 손을 뻗으려는 순간 돌풍이 뉴잉글랜드호를 강타했다. 거센 폭풍우는 세상의 모든 아우성이 합쳐진 듯한 소리를 냈다. 더 이상 캄캄할 수 없는 어둠이 하늘과 바다와 땅의 경계를 지워 버렸다. 폭풍우를 뚫고 개 짖는 소리가 들려왔다.

경찰은 세인트폴 고등학교 10학년 로이 곽의 실종을 실족사로 추정했다. 한국에서 날아온 한결의 부모는 아들의 주검 없는 죽음을 받아들이지 못했다. 교장과 교사들은 학교를 찾아온 한결의 부모에게 깊은 애도를 표했다. 한결의 엄마가 남편에게 의지한 채 간신히 짜낸 소리로 말했다.

"마크 좀 불러 주세요. 우리 한결이, 아니 로이하고 가장 친한 친구예요. 그날도 마크한테 안 좋은 일이 생겨서 가 봐야 한다며 과외를 펑크 냈어요. 크리스, 크리스랑도 친해요. 그 애하고 같이 농구 클럽에 들었어요. 테일러하고는 밴드를 같이 하고요. 그 애들을, 그 애들을 만나 보고 싶어요."

교장실로 불려 온 아이들은 하나같이 터무니없다는 얼굴로 그 사실을 부인했다. 황당하기는 한결의 엄마도 마찬가지였다.

"그럼 이 사진들은 뭐죠?"

한결의 엄마가 떨리는 손으로 휴대폰을 꺼내 아들이 보내 준 사진들을 보여 주었다. 한결은 사진 속에서 친구들과 농구를 하고, 파티를 하고, 연주를 하며 활짝 웃고 있었다. 아이들이 어이 없어하며 자기 SNS에 있는 사진들을 내보였다. 같은 사진이었지만 어디에도 한결은 없었다. 엄마의 손에서 휴대폰이 미끄러져 내렸다.

김민령 … 뷰 박스

허리 이야기를 하자 담임은 인상을 찌푸렸지만 아무 말 없이 선선히 체육 시간을 빼 주었다. 체육 담당인 담임은 체육 시간이 고교 과정의 가외 시간으로 치부되는 데 대해 틈날 때마다 분통을 터뜨리면서도 시험이 있을 때는 본인이 먼저 자습을 제안하곤 했다. 아마 어쩔 수 없었을 것이다. 체력은 나중에 회복할 수 있지만 내신은 그렇지 못하니까. 담임의 책상 앞에 서 있는 동안 잠시 잠잠했던 통증이 다시 시작되었다. 오른쪽 골반과 척추 아래쪽 언저리 어디쯤, 통증이 느껴질 때마다 온 신경이 그쪽으로 쏠렸다. 오른손으로 옆구리를 슬슬 문질렀다.

정형외과 대기실에서 차례를 기다리고 있을 때 옆에 있던 할머니가 그랬다. "아프지 않을 때는 무릎이 있는지 없는지도 몰랐는데 말이야, 이젠 무릎 때문에 아주 딱 성가시다니까. 뚝 떼어 버릴 수도 없고." 나는 통증 때문에 기우뚱하게 앉은 채로 조금 고개를 끄덕였다. 나도 농구를 하다 허리를 삐끗하기 전에는 내 허리가 제대로 붙어 있는지 따로 생각해 본 적이 없었다. 또 엑스레이를 찍어 보기 전까지는 내게 척추측만증이 있는지도 알지 못했다.

의사는 뷰 박스에 걸린 엑스레이 사진 위에 볼펜을 대 보이며 말했다. "여기, 이렇게…… 16도 정도 휘어졌지?" 나는 뚫어져라 엑스레이를 바라보며 척추측만증의 증거를 찾았다. 주루룩 이어 붙은 척추뼈는 확실히 살짝 에스 자로 휘어 있었다. 아, 이런. 낭패스러웠다. 나를 단단히 지탱해 주어야 할 척추가 저렇게 기울어 있었구나.

내 표정이 조금 심각해 보였던지 의사는 위로하듯 말했다. "그렇게 심각해할 필요는 없고. 급성 염좌는 물리치료받고 며칠 쉬면 괜찮아질 거야. 척추측만증은 증세를 계속 관찰해야 하니까 부모님께 꼭 말씀드려라."

물리치료실에 한 시간가량 엎드려 있으면서 나는 16도 휘어진 내 척추를 생각했다. 공교롭게도 일주일 전에 생일이 지나 나는 정확히 만 열여섯 살이었다. 그럴 리 없겠지만 한 살 한 살 나이를 먹는 동안 척추가 조금씩 조금씩 휘고 있었을 거라는 생각을 떨쳐 버릴 수가 없었다. 1년에 1도씩, 옆으로, 옆으로, 옆으로.

교실로 돌아왔더니 체육복으로 갈아입은 아이들이 막 밖으로 몰려 나가고 있었다. 혜리가 나를 스쳐 지나가면서 슬쩍 고개를 돌렸다. 내가 다쳤다는 이야기를 들었을까. 지난 몇 달간 알 만한 애들은 다 알 정도로 티 나게 사귀다가 헤어진 지 나흘째였다. 아직은 가까운 친구들만 알고 있는데 머지않아 다들 알게 되겠지. 아이들에게 알려질 걸 생각하면 머릿속이 캄캄해졌다. 혜리가 아니었더라면 중간고사를 그렇게 망쳤을 리도 없었을 테고, 그렇게 미친 플레이로 농구를 하지도 않았을 것이다. 나는 농구공과 상관없이 날뛰었고, 공연한 반칙을 거듭하면서 폭주하다가 자폭해 버렸다. 허리에 타는 듯한 통증을 느끼며 농구 코트 바닥에 쓰러졌을 때 친구들이 나를 내려다보는 표정이 딱 그랬다. 이거 완전 또라이 아냐?

"아, 이 운 좋은 놈! 중간고사 못 봤다고 오늘 잘하면 기합이라던데."

"졸려 죽겠는데 체육이 웬 말이냐. 엎어져 잠이나 잤으면 좋겠다."

나와 혜리 이야기를 아는 친구들은 내 앞에서 괜스레 시끄럽게 굴었다. 나는 아무 말도 하지 않았다. 친구들이 일부러 너스레를 떤다는 건 알았지만 어떻게 반응을 해야 좋을지 알 수 없었다. 여자친구를 사귄 것도, 여자친구에게 차인 것도 내 평생 처음 있는 일이었다. 생각을 정리하기도 전에 모든 일이 훅 일어났다가 훅 지나가 버렸다. 좀처럼 정신을 차릴 수가 없었다.

마지막까지 미적거리던 친구들마저 나간 뒤 교실에는 나 혼자 남았다. 문단속을 대신 해 주겠다고 말하자 주번은 조금 망설였지만 이내 열쇠를 내주었다.

"뭐, 반장인데 괜찮겠지."

주번에게는 미안하지만 보건실에는 가지 않을 작정이었다. 혹시 문제가 생기면 갑자기 허리 통증 때문에 꼼짝을 할 수 없었다고 핑계를 댈 것이다. 남의 눈에 보이지 않는 통증은 나를 고립시키기도 하지만 남이 뭐라고 할 수 없는 든든한 방어막이 되어 주기도 한다. 요 며칠 하루 종일 침대에 누워 있는 나를 보면서 아빠가 아무 말도 할 수 없었던 것처럼.

교실 안은 어수선했다. 책상과 의자 들이 엉망으로 흐트러진 채였고, 책상 위에는 함부로 던져 둔 교복이며 교과서, 필통 들이 정신없게 널려 있었다. 일부러 어지르려고 했다면 퍽 고단한 작업이었을 것이다. 나는 내 책상에 기우뚱하니 기대어 있는 앞자리 의자를 밀어 똑바로 세웠다. 내친김에 책상 줄이라도 맞춰 놓을까 하다가 관두었다. 이놈의 모범생병, 몸도 성치 않은 주제에. 잔뜩 어질러진 교실에 혼자 남아 있자니 묘한 기분이 들었다. 톱니바퀴가 맞물리듯 정확히, 쉴 새 없이 흘러가는 시간에서 잠시 내려선 것 같았다. 사실 내게 필요한 게 바로 그거였다.

수업 시작종이 울렸다. 복도에서는 서둘러 교실을 찾아가는 발소리가 요란하다가 이내 잠잠해졌다.

다행히 내 자리는 복도를 면하고 있는 벽 쪽이다. 엎드려 있으면 밖에서 누가 들여다보더라도 눈에 띄지 않을 것이다. 책상 위에 있던 교과서와 문제집 들을 서랍 속에 마구 밀어 넣었다. 다시 통증이 느껴졌다. 이리저리 자세를 바꿔 보았지만 어떻게 앉아도 불편하긴 마찬가지였다. 창문을 통해 교실 안쪽으로 햇살이 쏟아져 들었다. 운동장에서 호루라기 소리와 아이들의 구령 소리가 아득하게 들려왔다.

내 자리에서 대각선 방향으로 저만큼 앞쪽에 혜리 자리가 있다. 수업 시간에 칠판을 바라보면 내 시야에 혜리의 뒷모습이 걸려들었다. 굳이 의식하지 않으면 보이지 않았지만, 코끼리를 생각하지 말라고 하면 코끼리만 생각난다지 않던가.

생각해 보면 혜리가 나한테 그렇게 중요한 존재였던 것 같지는 않다. 학기 초부터 내가 좋다는 여자애들이 몇 명 있다는 건 대충 눈치로 알고 있었지만 별 감흥이 느껴지지 않는 애들뿐이었고, 어쩌다 쭈뼛거리며 말을 걸어오는 애들을 상대할 때면 늘 불편했다. 나는 매정하다는 비난을 듣기에는 심약한 편이고, 인기관리를 하기에는 그쪽 방면에 관심이 없었다. 그러다 혜리가 고백을 해 오자 그래, 이만하면 여자친구로 괜찮겠다 싶었던 것이다. 거기에는 이제 여자애들과의 껄끄러운 관계로부터 해방될 수 있으리라는 계산도 조금은 있었다. 다만, 그 계산 속에는 혜리와 사귀다 헤어질 수도 있다는 변수는 들어가 있지 않았다. 삶이 상수로만 이루어지지 않는다는 것쯤은 진작 깨달았어야 했는데.

"아, 씨발, 쪽팔려!"

나는 팔에 얼굴을 묻고 큰 소리로 외쳤다. 갑작스러운 동작에 찌릿 번개처럼 통증이 허리를 강타했다. 헉, 하고 숨을 몰아

쉬었다.

"아으……."

나는 앓는 소리를 하며 가장 통증이 덜 느껴지는 자세를 찾기 위해 조심스럽게 움직였다. 팔을 뻗고 천천히 허리를 비틀었다. 이렇게 통증을 시험하는 동안에도 내 척추는 조금씩 휘고 있으려나.

인기척이 난 것은 그로부터 몇 분 뒤였다. 나는 천천히 몸을 일으켜 뒤를 돌아보았다. 얼핏 혜리인가 싶어 가슴이 덜컥 내려앉았지만 아니었다. 거기 서 있는 아이는 같은 반 서이진이었다. 이진이는 두 손을 앞으로 맞잡고 어쩔 줄 몰라 하고 있었다. 체육복 바지 한쪽이 발목 위로 말려 올라간 채였다.

"어, 나는……."

이진이는 무언가를 설명할 것처럼 입을 열었지만 이내 다물어 버렸다. 그러고는 내가 빤히 바라보고 있는 것도 아랑곳 않고 조용히 자기 자리로 가 앉았다. 나는 다시 엎드렸다. 빌어먹을. 나는 혜리 생각을 너무 많이 하고 있나 보다. 복도 저쪽에서 왁자한 웃음소리가 터졌다.

문득 이진이가 언제부터 내 뒤에 서 있었을까 의아해졌다. 어떻게 기척도 없이 들어온 걸까. 혹시 아까 소리쳤을 때 들은 건 아닌지, 아파서 낑낑대던 꼴을 보고 있었던 건 아닌지. 나는 슬그머니 고개를 들어 이진이가 있는 쪽을 바라보았다. 이진이는 창가에 앉아 햇빛을 고스란히 받고 있었다. 표정은 볼 수 없었지만 두 손을 책상 위에 가지런히 모으고 허리를 꼿꼿하게 세운 채였다. 이상할 만큼 반듯한 자세였다.

크지도 작지도 않은 키에 조금 통통한 몸집, 부스스한 단발머리. 이진이는 눈에 띄지 않는 아이였다. 생김새나 성적도 그저 그렇고, 농담을 잘하거나 알아주는 아이돌 빠순이거나 유난히 웃음소리가 크다거나 하는 그 어떤 특징도 없었다. 누군가 우리 반 아이들의 명단을 불러 달라고 하면 하나하나 손에 꼽다가 맨 마지막에나 겨우겨우 생각해 낼 게 분명했다.

멍하니 보고 있느라 이진이가 내 쪽으로 몸을 돌렸을 때 나는 깜짝 놀랐다. 워낙 갑작스러워서 고개를 돌리거나 잠든 척할 기회도 놓치고 말았다. 눈이 마주치자 이진이는 살짝 눈을 내리깔았다.

"나는 있지……."

"어?"

"애들이 줄 서는데 그냥 빠져나왔어."

나는 잠깐 어리둥절했다가 천천히 몸을 일으켰다.

"어디 아픈 거면 보건실에 가서 누워 있지그래."

말하면서도 뜨끔했지만 이진이는 별다른 반응이 없었다. 너는 어째서 교실에 남아 있냐고 되묻거나 콧방귀를 뀌거나 해도 할 말이 없었을 텐데.

잠자코 무언가 생각하는가 싶더니 이진이가 자기 손바닥을 들여다보면서 말했다.

"아파서 빠진 게 아니야. 사실은 한 번도 체육을 해 본 적이 없어. 늘 빠졌어. 저만큼 담임이 계단 위에 나타나고 애들이 슬금슬금 줄을 서기 시작할 때 슬쩍 빠지는 거야. 그리고 그냥 교실로 와."

"누가 뭐라고 안 해?"

"누가?"

이진이가 이상하다는 듯이 되물었다. 그야 담임이나 아이들이……. 그렇게 대답하려다가 나는 그냥 입을 다물었다. 나만 해도 2학기가 절반이 지나도록 이진이가 체육 시간을 번번이 빼먹고 있었다는 사실을 알지 못했다. 운동장을 몇 바퀴 돌고 호루라기 소리에 맞춰 가벼운 체조를 할 때도, 짝을 지어 배구공을 주고받거나 멀리뛰기를 하려고 줄 맞춰 대기하고 있을 때도 누군가 빠졌다고는 생각도 못 했다. 아마 아무도 몰랐을 것이다.

"몰랐지?"

이진이가 눈을 동그랗게 뜨고 나를 바라보았다. 조금 으스대는 것 같기도 하고 조금 나무라는 것 같기도 한 말투였다.

"어, 몰랐어."

나는 순순히 인정했다. 그리고 부담스러운 침묵을 피하기 위해 물었다.

“비결이 뭔데?”

“비결은 없어. 그냥 뒤돌아서 오는 거야.”

이진이가 대답했다. 그러고는 한동안 말이 없었다.

교실에 혼자 앉아서 생각을 정리해 보려던 계획은 다 틀렸다. 혜리에 대해, 혜리에게 차인 나에 대해, 아이들이 모두 알게 되었을 때 어떤 태도를 취해야 할지에 대해 차근차근 생각해 볼 참이었는데.

이진이는 여전히 꼿꼿하게 앉아 있었다. 재 척추는 엄청 반듯하겠구나, 하고 감탄할 지경이 되었을 무렵 이진이가 한 손을 들어 허공에 대고 살랑살랑 흔들었다. 보이지 않는 벌레라도 쫓는 모양이었다. 나는 이진이 때문에 누군가의 눈에 띄고 싶지는 않았다.

“너, 거기 그러고 있으면 밖에서 보일지도 몰라.”

“햇빛이 비치면 먼지가 잘 보여. 원래 먼지는 어디에나 있는 건데.”

완벽한 딴소리였다.

“먼지는 중력하고는 상관이 없나…….”

그 뒤에도 이진이는 뭐라고 중얼거렸는데 잘 들리지 않았다. 나는 마음이 조급해졌다. 운동장에서 교실 안이 보이지는 않겠지만 누군가 복도를 지나가다 교실 안을 볼 수도 있었다.

"교장이나 교감이 돌아다니다가 볼 수도 있다니까."

그제야 이진이가 나를 돌아봤다.

"아닐걸."

"그거 무슨 자신감이냐?"

나는 어처구니가 없어서 그냥 웃어 버렸다.

어째서 그런 장난에 휘말렸는지 모르겠다. 갑자기 이진이가 문을 열고 밖으로 나가는 바람에 얼결에 따라나섰고, 나는 잔뜩 긴장한 상태로 복도를 따라 걸었다. 수업 시간에 학교 안을 돌아다니다 걸리면 어떻게 될까. 보건실에 가 있지 않은 건 변명의 여지가 있을까. 그저 벌점 몇 점 정도로 끝나면 좋을 텐데.

이진이가 나를 흘끔 돌아다보며 말했다.

"겁먹을 거 없어."

"겁은 무슨."

의연한 척했지만 조금 걱정이 되는 건 사실이었다. 느긋한 태도로 천천히 걷고 있는 이진이에 비해 나는 연신 눈을 굴리며 사방을 살피고 있었다. 그러다 곧 될 대로 되라는 심정이 되었다. 어차피 혜리 일이 알려지면 한참 동안 아이들 입에 오르내릴 처지였다. 이유도 모른 채 여자애한테 차이고, 공연히 날뛰다가 허리나 다치고, 이상한 아이의 뒤를 따라 정처 없이 학교 안을 헤매고 다니는 자타 공인 미친놈이 되는 거다, 이제.

처음 맞닥뜨린 사람은 커다란 종이 상자를 나르던 행정실 공익이었다. 눈이 유난히 동그란 공익은 우리를 잠시 눈여겨보는 것 같았지만 내 걱정과는 달리 별다른 반응 없이 스쳐 지나갔다. 행정실 잡무에 시달리는 공익이 학교 안 어디에나 있는 학생들에게 특별히 관심을 쏟을 이유는 없었다. 교복을 입은 남학생과 체육복을 입은 여학생의 이상한 조합이라고 해도 알 바 아니었을 것이다.

"우리가 어디 심부름 가는 줄 알았나 봐."

소리를 낮춰 말하자 이진이가 대답했다.

"글쎄, 그럴까."

무심코 걷다가 이번에는 다른 반 교실 창문을 통해 수업 중이던 화학 선생님하고 눈이 마주쳤다. 뜨끔했지만 화학은 이내 다시 교실 안쪽으로 눈길을 돌렸다. 나는 이진이를 바라보았다. 이진이의 옆얼굴에서는 아무 감정도 읽을 수 없었다.

본관 앞을 지날 때는 심장이 덜컥 내려앉는 줄 알았다. 화단 앞에 교장 선생님이 나와 있었다. 올해 우리 학교에 부임해 온 교장은 평소에도 지나다니는 학생들에게 부담스러울 만큼 관심을 보이기로 유명했다. 이름표를 재빨리 확인하고는 아주 오래전부터 외우고 있었던 것처럼 학생 이름을 크게 불러 주의를 끌곤 했다. 교장은 학생 이름을 불러 주는 게 자신의 가장 큰 임무라도 되는 양 유난스러웠다. 교장이라면 이진이와 나를 불러 세우고 어찌

된 일인지 물을 게 뻔했다.

내가 잔뜩 겁을 먹은 것과는 달리 이진이는 태평스러웠다. 그리고 놀랍게도 정말 교장은 우리가 그 옆을 지나가는 동안 화단에서 눈을 떼지 않았다.

"설마 우리가 안 보이는 건가?"

나는 어떻게 된 일인지 어안이 벙벙했다. 보건실에서 나오던 보건 선생님이 우리를 향해 싱긋 웃어 줬을 때는 심지어 고마운 생각이 들기까지 했다. 우리가 보이긴 보이는 것이다. 우리는 운동장 스탠드에 앉아 우리 반 아이들이 피구를 하며 즐거워하는 모습을 지켜보았고, 교문을 통과해 아이스크림을 하나씩 사 먹으며 돌아왔다. 학교를 나 보란 듯이 활보하고 다니는 동안, 우리를 눈여겨보거나 나무라는 사람은 아무도 없었다.

교실 문을 닫고 나서 나는 허물어지듯 책상 위에 엎드렸다. 긴장이 풀리자 허리 통증이 되살아났다.

"아무도 우리한테 관심이 없구나."

내가 안도의 한숨을 내쉬며 말하자 이진이가 대답했다.

"나하고 같이 있어서 그래."

잠시 통증을 가라앉히고 고개를 들었을 때 이진이는 아무 일도 없었다는 듯 자기 자리에 앉아 있었다.

"뭐, 네가 투명 망토라도 되냐?"

일부러 농담을 건넸지만 이진이는 웃지 않았다. 이진이 손에는 아직도 내가 사 준 컵 아이스크림이 들려 있었다.

"나는 있지, 어렸을 때부터 사람들에게 주목을 받은 적이 한 번도 없어."

이진이는 그렇게 이야기를 시작했다. 주목을 받는 건 고사하고 사람들은 걸핏하면 이진이의 존재를 잊어버렸다고. 유치원에 다닐 때 등원하는 버스에 올라탔다가 잠이 들었는데 점심시간까지 아무도 찾지 않은 적이 셀 수 없이 많았다고 했다. 체험학습을 갔다가 길을 잃었을 때도, 연극에서 배역을 나눠 맡을 때도 이진이가 스스로 대열을 찾거나 대사 없는 배역에 끼어들기까지 이진이를 챙겨 주는 사람은 아무도 없었다. 수업 시간에 몰래 나가서 학교 안을 배회할 때 누군가에게 걸린 적도 없었고, 그러다가 도로 교실로 돌아왔을 때 아무 일도 일어나지 않았다. 심지어는 부모님조차도 그랬다.

"할아버지 칠순 때 친척들이 버스를 대절해서 놀러 간 적이 있거든. 부석사에 갔다가 내가 타지도 않았는데 버스가 떠나 버렸어. 지나가던 어른이 전화를 걸 때까지도 엄마 아빠는 눈치를 못 채고 있었다더라. 아홉 살 때였나."

"말도 안 돼."

내가 황당해하자 이진이는 살짝 눈살을 찌푸렸다. 어쩌면 웃었거나.

"그때쯤에는 이미 익숙해져서 아, 또 날 잊어버렸구나, 하고 생각했지. 주차장 한쪽에 가만히 서서 기다렸어. 이상하게도 엄마가 날 다시 찾으러 온 기억은 없어. 엄마가 해 준 얘기를 듣고 그런가 보다 아는 거지. 그 대신 혼자 나무 그늘에 우두커니 서서 사람들을 구경했던 일은 기억나. 알록달록한 등산복이랑 사람들 발부리에서 피어오르는 모래 먼지랑."

뭐라고 대꾸할 말이 없어서 그대로 입을 다물었다.

나는 혜리하고 한 약속을 까맣게 잊어버렸던 지난 토요일을 떠올렸다. "한두 번이 아니잖아." 내가 몇 번이나 미안하다고 사과를 했는데도 혜리는 끝내 고개를 저었다. "나는 네가 너무 바쁘거나 약속을 잊어버렸거나 전화를 못 받았다고 뭐라고 하는 게 아니야." 정말 그랬다. 학교에서는 누구나 다 눈치를 챌 만큼 대놓고 붙어 다녔는데도 학교를 벗어나면 혜리 생각이 싹 사라져 버렸다. 휴대폰은 가방 안에 쑤셔 박혀 있어서 뒤늦게 꺼내 보면 부재중 통화가 열 통도 넘게 와 있곤 했다. "잘 모르겠는데, 그냥 넌 어딘가 고장 난 애 같아." 혜리가 내 척추뼈를 꿰뚫어 보았을 리는 없었을 텐데 이제 와서는 그 말이 무슨 예언이나 진단처럼 느껴졌다.

내 생각이 지난 주말을 떠돌고 있는 동안에도 이진이의 이야기는 계속됐다. 언제나 없는 아이처럼 지내다가 차츰 적응하게 된 이야기. 중간중간 이진이는 아이스크림을 한 스푼씩 떠먹었다.

아이스크림은 영영 바닥이 나지 않을 것처럼 느껴졌다.

"가끔 나 혼자 부석사 입구에 서 있는 꿈을 꿔. 한낮인데 주위에는 아무도 없고 고개를 들어 보면 나뭇잎 사이로 햇빛이 반짝반짝 빛나. 나는 거기에 가만히 서 있는 거야."

"너 그거 트라우마야."

"그럴까?"

"그럼. 나 같으면 엄청 상처받았을 것 같은데."

이진이는 아이스크림 컵을 새삼스럽다는 듯이 들여다보며 생각에 잠겼다. 꼿꼿하던 등이 그때만큼은 조금 굽어 보였다. 이진이의 등으로 햇살이 조용히 내려앉았다. 침묵이 길어지자 마음이 조금 불편해졌다. 괜한 소리를 했나.

잠시 뒤 이진이는 등을 다시 꼿꼿이 세우고는 나를 똑바로 쳐다봤다.

"아니, 아닌 거 같아. 난 정말 괜찮아. 아마 너 같은 애는 절대 모를 거야."

이진이가 하도 단호하게 말하는 바람에 나 같은 애라니, 하고 반박할 수도 없었다. 사실 이진이 말이 맞았다. 나는 절대 알 수 없을 것이다.

어렸을 때부터 나는 이진이와 달리 언제나 주목받는 아이였다. 아유, 예뻐라. 남자애가 이렇게 예쁘게 생겼어? 어른들은 늘 나를 보며 웃었고, 엄마는 일부러 내게 옷을 갖춰 입히고는 어디든 데리고 다녔다. 유치원에서도 초등학교에 들어가서도 나는 연극의 주인공이었고 반장이었고 계주의 마지막 주자였다. 내가 체육 시간에 슬그머니 빠지려고 했다가는 몇 발자국도 떼지 못하고 아이들한테 붙들렸을 것이다. 야, 이정운, 어디 가!

"어렸을 때는 내가 투명인간인가, 궁금하기도 했고 조금 슬프기도 했는데 크면서 보니까 관심을 받지 못한다는 게 좋기도 하더라. 칠판에다 수학 문제를 풀 때도, 영어 책을 읽을 때도 나는 한 번도 지목을 받은 적이 없거든."

이진이가 조금 웃었다.

"그리고 이렇게 체육 시간도 매일매일 빠질 수 있잖아."

"교실에 혼자 들어와서는 뭘 하는데?"

"그냥……."

이진이는 조금 망설이는 듯하다가 대답했다.

"가만히 앉아 있어."

이진이가 다시 몸을 돌려 앞을 똑바로 바라보았다. 해가 구름 뒤로 들어갔는지 교실 안이 순간 어두워졌다가 차츰 밝아졌다. 나는 잠자코 이진이의 뒷모습을 보았다. 정말 그럴까? 정말 가만히 앉아 있기만 할까? 혼자 교실에서 보내는 시간은 이진이에게 기쁨일까, 슬픔일까.

지금까지 이진이하고 이야기를 나눠 본 적은 한 번도 없었다. 우리는 그렇게 길게, 개인적인 이야기를 나눌 만큼 친한 사이도 아니었다. 그런데도 어색하거나 껄끄럽지 않게 대화가 이어진다는 게 신기했다. 평소 같으면 갑자기 자기 이야기를 털어놓으며 다가오는 여자애에게 당혹감을 느꼈을 텐데 이진이에게는 어딘가 마음을 놓게 하는 구석이 있었다. 이야기가 끝난 뒤에도 나에게 아무것도 요구하지 않으리라는 확신 같은 것. 게다가 우리는 비밀스러운 투명인간 여행도 함께했다. 교실 안은 여전히 엉망으로 어질러진 채였지만 어쩐지 정다워 보였다.

어느새 허리 통증이 잠잠해졌다. 오른쪽으로 허리를 비틀어 책상에 비스듬히 기댄 자세가 효과적이었던 건지, 이진이의 이야기에 완전히 몰입했기 때문인지, 아니면 저절로 치유가 되고 있는 것인지 알 수는 없지만 와글거리던 소음이 사라진 것처럼 몸과 마음이 고요해졌다.

그러자 실연 같은 건 아무래도 좋다는 생각이 들었다. 떠들고 싶은 만큼 떠들라지, 그건 그들의 자유니까. 척추측만증도, 키가 다 자랄 때까지 그럭저럭 견뎌 준다면 괜찮을 것이다. 의사가 그랬지, 그냥 지켜보자고. 이진이와 내가 앉아 있는 교실은 더없이 평화로웠다. 나도 모르게 까무룩 잠이 들었다.

잠에서 깼을 때 교실 안에는 아이들이 이미 들어와 있었다. 교복 넥타이를 매고 체육복을 개키고 책상을 정돈하느라 교실 전체가 떠들썩했다. 눈을 비비고 몸을 일으켰을 때 뜻밖에도 앞자리에는 혜리가 앉아 있었다. 나는 아무 말도 못 하고 혜리를 마주 보았다.

"예전에 너 참 괜찮은 애였는데."

혜리가 말했다.

"지금은?"

"그냥 바보 같아."

혜리는 일부러 딱딱한 표정을 짓는가 싶더니 곧 어쩔 수 없다는 듯 웃었다.

"모르겠다, 나도. 어쨌든 얼른 건강해져라."

나는 자기 자리로 돌아가는 혜리를 눈으로 좇다가 이진이를 보았다. 이진이는 어느새 교복으로 갈아입고 여자아이들 무리에 섞여 말없이 웃고 있었다. 누군가 극성스럽게 목소리를 높이면 한편에서 가만히 듣고 있는 게 원래 이진이의 역할이었다. 일부러 찾지 않는 한 절대 눈에 띄지 않는 것.

허리 통증은 며칠 만에 씻은 듯이 사라졌다. 다음번 체육 시간에 나는 이진이가 언제 빠져나가는지 살펴보려고 눈을 부릅떴다. 그러나 체육복을 입은 이진이가 운동장에 나와 있는 걸 확인한 다음에는 금세 이진이의 존재를 까맣게 잊고 말았다. 체육 시간이 끝나고 교실로 돌아오면서 퍼뜩 정신을 차리고 보니 이진이는 우리들 가운데 있었다. 정말 체육 시간을 빼먹고 교실로 숨어들어갔는지 어쨌는지 알 길이 없었다. 체육 시간뿐 아니라 언제나 그랬다. 이진이는 내가 그 애를 찾을 때마다 어렵지 않게 모습을 드러냈지만 대개는 그 애 생각이 나지 않았다.

그날 일이 진짜 있었던 일인지, 꿈이었는지 아리송하기도 했다. 이따금 이진이를 눈으로 찾는 일도 차츰 뜸해졌다. 혜리는 쉬는 시간마다 나한테 와서 잡담을 늘어놓았고, 우리는 며칠에 한 번씩 긴 통화를 했다. 나는 우리가 다시 사귀는 사이인지 아닌지 궁금했지만 굳이 묻지 않았다. 다만, 어느 순간에도 혜리를 잊지 않으려고 노력했다.

어느 날, 복도에서 이진이와 딱 마주쳤다. 주위에는 때마침 아이들이 한 명도 없었다. 쉬는 시간이었나, 점심시간이었나. 이진이와 가까워지는 동안 무언가 꼭 할 말이 있었는데 영 생각이 나지 않는 것 같은 기분이었다. 뭐지? 뭘까? 나는 너에게 무얼 물어야 하는 걸까? 이진이에게서 답을 찾을까 싶어 표정을 살폈지만 아무것도 알 수 없었다. 이진이는 나를 똑바로 쳐다봤지만 내가 아니라 내 뒤에 있는 무언가를 보는 것 같았다.

우리는 스쳐 지나갔다. 내 머릿속에 남은 건 이진이 머리 위로 쏟아져 내리던 햇살과 그 속에서 춤추던 먼지뿐이었다.

진형민 … 호주 갈 사람?

경의선 을산역에 내리는 사람은 누구나 빙그레 편의점과 맞닥뜨리게 된다. 역내에 하나밖에 없는 개찰구에서 교통 카드를 찍고 일고여덟 걸음만 나오면 환하게 불을 켠 빙그레 편의점이 버티고 있기 때문이다. 거기서 왼쪽으로 꺾으면 1번 출구, 오른쪽으로 꺾으면 2번 출구다.

용재는 빙그레 편의점에서 오후 5시부터 밤 10시까지 일을 한다. 사장은 면접을 보러 온 용재에게 손님이 있든 없든 휴대폰에 코 박고 있는 꼴은 못 본다고 했다. 별 간섭을 다 한다 싶어 속이 확 꼬였지만, 박차고 나갈 수가 없었다. 시급이 딴 데보다 300원이나 높았다. 구인 광고엔 시급 5000원이라 써 놓고 막상 가면 3500원밖에 못 준다고 억지를 부리는 데가 많았다.

일은 생각보다 수월했다. 한바탕 바닥을 닦고 진열대 물건들을 정리하고 나면 딱히 바쁜 일이 없었다. 음료수를 사거나 교통 카드를 충전하려는 사람들이 번갈아 들락거릴 뿐 유난스러운 손님도 거의 없었다. 학원이나 술집 근처 편의점들에 비하면 거저먹기나 마찬가지였다. 용재는 뜻밖에 재수가 트였다 생각하며 계산대 뒤에서 슬근슬쩍 휴대폰을 들여다보았고, 그러고도 남는 시간엔 적당히 등을 기대고 사람 구경을 했다.

사람들은 얼추 15분에 한 번씩 개찰구를 빠져나왔다. 저녁 8시가 가까워 오면 한동안 굉장한 기세로 몰려나오기도 했다. 한판 붙으러 가는 싸움패처럼 걸음발들이 사납고 급했다. 편의점 앞까지 밀려온 사람들은 대부분 1번 출구 쪽으로 몸을 틀어 사라졌다. 아파트 단지들이 줄지어 있는 읍산 신도시 방향이다.

1번 출구로 올라와 곧장 2번 출구로 내려가는 이들도 가끔 있다. 신도시 안에서 일을 하거나 공부를 하다가 느지막이 집으로 돌아가는 구읍산 사람들이다. 철길이 땅 위로 뻗어 있어 구읍산 쪽으로 가려면 육교 삼아 역을 통과하는 수밖에 없다. 구읍산은 신도시의 아파트 자리들이 죄 논밭일 때부터 집이 있고, 시장이 있고, 보건소가 있던 곳이다.

구읍산 사람들은 열이면 열 모두 편의점 앞을 그냥 지나쳐 간다. 2번 출구로 나가 골목을 꺾기만 하면 큰 슈퍼마켓이 있고, 거기 가면 다만 얼마라도 더 싸게 물건들을 살 수 있기 때문이다. 빙그레 편의점에 뻔질나게 드나드는 구읍산 주민은 어제도 오늘도 딱 한 사람뿐이다.

"요우, 부라더!"

장호가 거들먹대며 문을 밀고 들어와 꾹 쥔 주먹을 내밀었다. 용재도 기꺼이 주먹을 마주 대었다. 이 시간만 되면 녀석이 괜히 더 반가웠다. 혼자 낙오되었다 겨우 연합군을 만난 기분이었다.

장호가 하루가 멀다고 편의점을 들락대는 이유를 모르지 않지만, 상관없었다.

용재가 계산대 밑에서 삼각김밥을 두 개 꺼냈다. 유통기한이 지나 폐기 도장이 찍힌 것들이다. 다행히 사장은 먹는 걸로 까다롭게 구는 사람은 아니었다. 지난번 알바하던 곳 사장은 날짜가 지난 건 뭐든, 김밥이든 샌드위치든 핫바든 무조건 자기 눈앞에서 껍데기를 벗겨 쓰레기통에 처넣으라고 했다. 일하는 애들한테 먹으라고 인심 썼다가 식중독이네 뭐네 뒤통수를 찍힐지 모른다며 저 혼자 북북 인상을 썼다.

그런데 오늘따라 장호가 좀 이상했다. 죽고 못 사는 소고기고추장김밥이 눈앞에 있는데도 본 둥 만 둥 시답잖은 소리만 해 댔다.

"헤이, 부라더! 레츠 고 호주! 오케바리? 레츠 고 호쥬우!"

용재가 김밥을 크게 한입 베어 물었다. 장호는 원래 말이 많고 헤픈 녀석이었다. 그냥 내버려 둬도 저 하고 싶은 말은 결국 다 떠벌리게 돼 있다.

"용재야, 씨바, 호주 가자고오오오!"

장호가 바지 뒷주머니에서 여러 번 접은 종이를 꺼내 들었다. 다 펼치고 나니 제법 커다랬다. 빠닥빠닥한 종이 위에는 교복을 잘 차려입은 애들이 나란히 잇속을 보이며 웃고 있었고, 그 애들 머리통 위로 굵고 붉은 글자들이 부채꼴로 착 펼쳐졌다. 글자 모양만 보면, 누가 종이 뒤에서 짠짜라잔 나팔을 불어 대는 것 같왔다.

'네 꿈을 펼쳐라, 겨울방학 호주 어학연수'

모 어학원에서 올겨울 어학연수 갈 학생들을 모집한다는 광고였다. 용재가 장호를 돌아보았다. 장호가 히죽 웃었다. 용재도 히죽해죽 같이 웃어 주었다. 이 자식이 낮에 뭘 잘못 드셨나 보다고, 어쩌면 호주가 파주나 경주처럼 우리나라 어디쯤이겠거니 하는지도 모른다고, 이 무식한 놈은 그러고도 남는다고, 용재는 생각했다.

그런데 장호가 아래쪽에 조그맣게 쓰인 글자를 손가락으로 눌러 짚었다.

'사회 나눔 장학생 특별 모집'

어학원에서 무슨 생각으로 그랬는지는 알 수 없지만, 참가 학생의 5퍼센트를 장학생으로 뽑겠다고 쓰여 있었다. 그러니까 호주로 어학연수 가겠다는 아이들이 100명 모이면 다섯 명은 공짜로 보내 주겠다는 얘기다. 물론 아무나 다 장학생이 되는 건 아니었다. 나름 자격을 갖춘 아이들에게만 주는 기회였다. 장호는 자격을 갖춘 다른 애들이 혹시라도 이 사실을 알게 될까 봐 포스터를 통째로 뜯어 오는 용의주도함까지 발휘하였다.

"우리가 안 가면 대체 누가 갈 수 있겠냐?"

장호가 턱 끝을 바짝 치켜들었다. 하긴 그랬다. 용재가 입 안에 있던 김밥을 꿀꺽 삼켰다.

사장이 나타날 시간이었다. 용재가 가장 바쁘게 움직여야 할 시간이기도 했다. 장호는 알아서 제꺽 사라져 주었다. 용재는 고무장갑을 끼고 조리대 밑에 있는 짬통을 창고 안으로 끌고 들어갔다. 뚜껑을 열자 플라스틱 소쿠리 위에 사람들이 먹다 버린 라면 가락들이 수북했다. 음식물 찌꺼기를 일일이 건져 쓰레기봉투 안에 쟁여 담고, 통 안의 구정물을 배수구에 쏟아부었다. 앞 시간에 일하는 누나랑 용재는 마음이 좀 맞는 편이어서 진작부터 일을 요령껏 나누어 하고 있었다. 바깥 유리벽 청소는 누나가 하고, 짬통 청소는 용재가 하고, 폐기된 우유랑 샌드위치는 누나가 먹고, 삼각김밥과 핫바는 용재가 먹고, 하는 식이었다.

계산대 정리를 시작할 때쯤 사장이 문을 밀고 들어왔다. 사장은 매일 새벽 첫차 시간에 맞춰 편의점 문을 열고, 막차 시간에 맞춰 문을 닫는 일만 했다. 낮에는 뭘 하는지 아무도 몰랐다. 용재는 나중에 이런 편의점 주인이 되는 게 소원이었다. 아침저녁으로 용재가 가게 문을 여닫고 낮에 엄마가 가게를 보면, 따로 사람을 쓸 필요도 없었다.

계산이 딱 맞았다. 용재가 일하면서 계산기로 찍은 물건값의 총액과 실제 돈의 합계가 같은지 확인하는 건데, 앞뒤 사람이 교대할 때마다 꼭 해야 하는 일이었다. 혹시라도 돈이 비면 그 시간에 일한 사람이 자기 주머니를 털어 메워야 한다. 손님에게 물건

값을 덜 받았거나 거스름돈을 더 내주어 구멍이 났으니 알아서 책임을 지라는 거다. 가끔 몇만 원이 비는 대형 사고가 터지기도 하지만, 이렇든 저렇든 사장이 손해 볼 일은 없다.

"내일 뵙겠습니다!"

사장이 고개 돌려 용재를 쳐다봤다. 용재는 자기 목소리가 평소보다 좀 컸다는 걸 그제야 알아챘다. 사장이 가라는 손짓을 했다. 용재가 쓰레기봉투를 손에 들고 잰걸음으로 2번 출구를 빠져나왔다. 계단 맨 아래 칸에 장호가 앉아 있었다.

용재와 장호는 슈퍼마켓을 지나 구을산 교회 쪽으로 올라갔다. 집으로 가는 지름길은 따로 있지만, 노가리 밥을 챙겨 주려고 일부러 돌아가는 중이다. 노가리는 교회와 마주 보고 있는 호프집 '별에서 온 노가리'에서 키우는 잡종견인데, 진돗개 부럽잖게 풍채가 제법 늠름했다. 노가리가 묶여 있는 가게 앞 비닐 소파에는 앞, 뒤, 옆구리 할 것 없이 '주차 금지'라는 글씨가 큼지막하게 쓰여 있다. 교회 사람들이 자꾸 가게 앞에다 차를 세운다고, 주인아저씨가 벼르고 벼르다 내놓은 방책이었다. 용재가 쓰레기봉투를 열어 퉁퉁 불은 라면 가락들을 밥그릇에 쏟아부었다. 노가리가 꼬리를 툭툭 흔들며 밥그릇에 머리를 박았다. 노가리는 라면을 좋아했다.

"애들이 많이 올까?"

장호가 소파에 몸을 파묻으며 물었다. 용재도 알 수 없었다. 자격을 갖춘 애들이 이 동네에 얼마나 되는지 생각해 본 적 없었다. 장호가 고개를 길게 빼고 또 물었다.

"야, 그냥 혹시나 해서 물어보는 건데, 애들 뽑을 때 영어 성적도 보겠지?"

"뭐, 어학연수니까."

"씨바, 그렇겠지?"

잠깐 골똘하던 장호가 벌떡 일어나더니 용재 어깨에 팔을 척 걸쳤다.

"부라더, 그래서 말인데 재수 없게 난 떨어지고 너만 붙으면 우리 동업 하나 안 할래?"

용재가 눈을 가늘게 뜨고 장호를 건너다보았다. 이제 보니 장호는 그냥 헛바람 들어 외국 구경이나 가려는 게 아니었다. 난데없이 호주, 호주, 노래를 부른 이유가 따로 있었던 것이다. 영어라고는 욕지거리 몇 마디밖에 모르는 놈이 부라더, 부라더, 할 때부터 알아봤어야 했다.

장호는 갈림길까지 오는 동안 쉬지 않고 떠들어 댔다. 땅 짚고 헤엄치는 것보다 더 쉽게 돈을 번다는 노다지 사업 얘기였다.

"무조건 열 배 장사라니깐. 아는 형 친구가 그러는데……."

호주에 가면 일 년 내내 창고 세일을 하는 대형 아웃렛이 있고 거기 가면 유명 메이커 팬티를 단돈 5달러에 살 수 있다, 그것들을 왕창 사다가 인터넷 쇼핑몰에 풀기만 하면 게임 끝, 한 장에 5만 원씩 받아도 사람들이 못 사 입어 환장을 한다, 일단 사 오기만 하면 가만히 앉아 돈을 쓸어 담는 끝내주는 사업이다……. 장호가 긴 설명 끝에 결론을 내렸다.

"우린 딱 100장만 사다가 팔자."

팬티가 100장이면 대략 50만 원, 가져와 되팔기만 하면 그 자리에서 500만 원이었다.

어느새 갈림길 앞이다. 여기서 용재는 동사무소 쪽으로, 장호는 을산 입구 쪽으로 흩어져야 한다. 장호가 바지 뒷주머니에 손을 찔러 넣으며 짧게 한숨을 내쉬었다.

"우리 둘 다 가면 제일 좋은데, 그치?"

둘이 각자 100장씩 사다가 팔면 100만 원이 순식간에 1000만 원이 되는 장사였다. 1000만 원은 용재가 편의점에서 꼬박 2년을 일해야 손에 쥘 수 있는 돈이다.

장호 얘기를 다 듣고도 용재는 별말이 없었다. 딱히 할 말이 떠오르지 않았다. 멀미가 날 것처럼 배 속이 울렁거리기만 했다. 용재가 문득 입을 열었다.

"너 비행기에서 밥도 주는 거 알아?"

용재는 엄마랑 딱 한 번 제주도에 간 적이 있다. 그때 탔던 비행기에서는 주스만 한 잔 주었다. 밥은 외국 가는 비행기에서만 준다고 했다.

"아, 진짜?"

장호가 눈을 끔벅였다.

"비행기도 안 타 본 새끼가 호주는 무슨."

용재가 시큰둥한 얼굴로 컴컴한 언덕길을 오르기 시작했다. 뒤에서 장호가 뭐라 구시렁대는 소리가 들렸지만, 돌아보지 않았다. 용재는 손바닥으로 가슴께를 꾹 눌렀다. 풀떡풀떡 심장 뛰는 소리가 장호한테까지 들릴까 봐 아까부터 계속 신경이 쓰였다.

현관문 밖까지 고기 냄새가 진동을 했다. 용재가 서둘러 문을 열고 들어섰다. 용재 엄마와 외삼촌이 거실 바닥에 밥상을 펴 놓고 늦은 저녁을 먹고 있었다. 옆에서 삼겹살을 굽던 숙모가 상추 위에 두툼한 고기를 얹어 용재에게 내밀었다. 용재가 몸을 숙여 상추쌈을 받아먹었다. 외삼촌은 용재네에 올 때마다 삼겹살을 사 들고 왔다. 생일이나 크리스마스 날 같은 때엔 용재를 동네 고깃집에 데려가 배가 터지도록 삼겹살을 구워 먹였다. 삼겹살은 용재가 제일 좋아하는 음식이다.

"준수는?"

밥상 앞에 엉덩이를 붙이며 용재가 물었다.

"방에. 형아 기다리더니 곯아떨어졌네."

일곱 살배기 준수는 사촌 형 용재를 잘 따랐다. 용재는 준수에게 레슬링 기술 거는 법과 축구공 가로채는 법 따위를 전수해 주었다. 준수가 두발자전거를 처음 배울 때도, 수영장에서 첫 잠수를 할 때도 옆에 용재가 있었다.

숙모는 용재 밥그릇 위로 부지런히 고기를 날랐다. 용재 엄마가 고기 그만 굽고 편히 밥 먹으라 해도 한사코 손사래를 쳤다.

"아이고, 내 걱정 말고 어서들 드세요. 나 빼고 다 밖에서 일하다 온 사람들이구만. 용재야, 고기 먹어."

삼겹살 두 근이 눈 깜짝할 새 사라졌다. 작년부터 용재는 앉은 자리에서 고기를 한 근씩 먹어 치웠다. 먹은 대로 고스란히 발이 크고 몸이 자라 올여름 드디어 외삼촌 키를 따라잡았다. 외삼촌이 담배 피우고 오겠다며 일어섰다. 용재가 외삼촌을 따라나섰다.

"어으, 금방 겨울 될라나 부다."

외삼촌이 부르르 몸을 떨었다. 외삼촌 입에서 한겨울 입김처럼 담배 연기가 빠져나왔다. 용재가 길가 돌멩이를 발로 실없이 건드리며 물었다.

"외삼촌, 호주 가 봤어?"

"호주? 캥거루 막 뛰어다니는 데?"

"어."

"아니, 못 가 봤어. 근데 테레비에 나오는 건 봤어. 왜?"

"호주에서 빤쓰를 파는데, 그게 하나에 5만 원이래."

"도둑놈의 새끼들, 무슨 빤쓰를 5만 원씩이나 처받아?"

"아니, 거기서는 5000원에 파는데 그게 우리나라에 오면 5만

원이 된대."

"아요, 아주 꼴값들을 한다. 외제라면 사족을 못 쓰니까 그렇게 눈 뜨고 당하는 거 아냐."

"내가 하나 사다 줄까?"

"뭘?"

"호주 빤쓰. 내가 호주 가면 외삼촌 것도 사 올게. 외삼촌, 95 사이즈 입지?"

"아냐, 100 입어. 요즘 배가 나와서 그런지 95 입으면 쫄리고 불편해."

"알았어, 100."

"아이고, 우리 용재 덕분에 나도 비이이싼 호주 빤쓰 한번 입어 보겠네."

외삼촌이 으허허 웃었다. 용재도 따라 웃었다. 외삼촌이 발로 담배를 비벼 끄다 말고 또 몸을 부르르 떨었다. 용재는 이상하게 하나도 춥지 않았다.

원서 마감이 낼모레였다. 필요한 서류가 뭐 그리 많은지, 용재와 장호는 온종일 이리 뛰고 저리 뛰어야 했다.

용재 담임은 용재 얘기를 다 듣고도 덤덤한 얼굴을 했다.

"성적 증명서는 행정실 가서 떼고, 추천서는 내일 찾으러 와라."

어떻게 말을 꺼내나 한참 망설이다 온 것이 민망할 정도였다.

장호는 담임이 하필 영어 담당이라 별수 없이 싫은 소리를 들어야 했다.

"영어 시간 내내 머리 처박고 잠만 자던 놈이 뭘 해 달라고? 추천? 에라, 이 양심도 없는 놈아."

담임 때문에 풀이 좀 죽은 장호는 행정실에 내려갔다 와서부터 아예 어깨를 축 늘어뜨렸다. 성적 증명서를 손에 돌돌 말아 쥐고 한숨만 푹푹 내쉬었다.

둘은 학교가 끝나자마자 구을산 동사무소로 날아갔다. 용재와 장호가 호주에 갈 자격이 있음을 증명해 줄 결정적인 증거가 바로 거기 있었다. 용재와 장호는 각자 필요한 증명서를 신청해 받았다. 용재는 한 장, 장호는 두 장이었다. 장호는 양손에 한 장씩 두 종류의 증명서를 움켜쥐고서야 종일 찌푸리고 있던 얼굴을 폈다.

용재가 걸음을 바삐 놀렸다. 편의점 교대 시간에 늦지 않으려면 서둘러야 했다. 장호가 자기도 편의점에 같이 있겠다며 따라나섰다. 진짜 중요한 서류가 하나 남았는데, 아무래도 혼자 해결할 자신이 없어서 그런 듯했다. 웬일로 알바까지 제칠 모양이었다. 장호는 날마다 학원가 골목에서 전단지를 돌리고 일당을 받았다.

둘은 편의점 급한 일들을 같이 해치운 다음 전자레인지 옆 조리대 위에 나란히 공책을 펼치고 섰다. 일단 맨 위에다 제목부터 썼다. 자기소개서. 그러고는 멀뚱멀뚱 서로 얼굴만 쳐다보았다. 용재도, 장호도 지금껏 남에게 자기를 길게 소개해 본 적이 없었다.

용재는 그 와중에도 띠로리로 띠로리로리 벨 소리가 들릴 때마다 계산대 쪽으로 뛰어갔다. 편의점 문이 열리면 자동으로 울리도록 장치된 벨이었다. 사람들이 개찰구를 무섭게 빠져나올 시간이었다. 용재는 하루걸러 들르는 아저씨에게 늘 찾는 담배를 내주고, 팔짱을 꼭 끼고 들어온 여학생들에게 교통 카드를 충전해 주고, 얼굴이 노리끼리한 아줌마에게 물 한 병을 팔았다. 그러고 돌아보니 장호 녀석이 고개를 쭉 빼고 용재 공책을 넘겨다보고 있었다.

"남의 걸 왜 봐, 새꺄."

용재가 달려가 공책을 탁 닫았다.

"나도 엔간히 글 못 쓰지만 너도 참 한심하다. 그렇게 쓰면 당장 떨어져. 나 같아도 너 안 뽑아."

"웃기고 있네. 너보다 훨씬 낫거든."

"야, 너도 대가리가 있으면 생각이란 걸 좀 해 봐라. 그 사람들이 우리 같은 애들을 굳이 뽑는 이유가 뭐겠냐. 자기네들이 도와줬다고 사방팔방 자랑하려는 거 아냐. 이렇게 불쌍한 애들을 우리가 공짜로 공부시켜 줬어요, 우리 완전 훌륭하죠? 폼 나게 광고하려는 거라고. 근데 너 쓴 거 봐 봐. 나 아무 문제 없어요, 하나도 안 불쌍해요, 이러고 있잖아. 그러면 광고 효과가 있겠냐?"

용재는 모 어학원에서 왜 저나 장호 같은 아이들을 공짜로 호주에 보내 주려 하는지 깊이 생각해 본 적 없었다. 이게 웬 떡이냐 했을 뿐이다.

"눈물 없이는 들을 수 없는 사연, 왜 그런 거 있잖아. 어떤 애가 있는데 집이 찢어지게 가난해. 엄마 아빠는 없거나 어디가 존나 아파. 막 장애가 있어. 근데도 애가 성격이 오지게 착하고 공부를 잘하는 거지. 심지어 꿈도 있고. 검사나 판사 아니면 의사 같은 거. 아씨, 난 다 되는데 공부가 문제야, 공부가."

장호가 이맛살을 구겼다. 다 이긴 게임을 아이템 하나 때문에 아깝게 놓친 표정이었다. 용재는 갑자기 말문이 막혔다. 다른 때 같았으면 녀석이 하는 말 따위 절반은 접고 들었을 텐데, 이번엔 왠지 그럴 수가 없었다. 아주 틀린 말 같지가 않았다. 만에 하나 전부 맞는 말이라면, 그건 더 심각한 문제였다. 용재는 자기 공책을 다시 펼쳐 보았다. 글자들이 하나도 안 불쌍하게 고개를 빳빳이 쳐들고 있었다.

용재와 장호가 원서를 내밀자 어학원 직원이 종이를 한 장씩 나눠 주었다.

"면접도 해요?"

용재가 놀란 눈으로 물었다. 종이 맨 위에 면접 안내문이라 쓰여 있었다. 어학원 직원은 늦지 말고 오란 말만 하고 자리를 떴다. 면접은 일주일 뒤 오후 5시였다. 갈수록 태산이었다.

안 그래도 용재는 자기소개서 때문에 마음이 편치 않았다. '눈물 없이는 들을 수 없는 사연'까지는 아니더라도 어쨌든 지금보다는 더 힘들고 불행하게 살았어야 했나 싶어 글을 다시 고쳐 썼기 때문이다. 다 쓰고 나니 엄마 얼굴을 똑바로 볼 수가 없었다.

담임이 써 준 추천서 속의 '조용재'란 놈도 거북살스럽기는 마찬가지였다. '불우한 환경에도 굴하지 않고 바르고 성실하게 생활하면서 남몰래 어려운 친구까지 돕는 조용재'는 용재랑 이름만 같은 다른 반 아이 같았다. 조용재가 남몰래 돕는다는 그 어려운 친구가 대체 누군지 아무리 주위를 둘러봐도 알 수가 없었다.

그런데 이제 면접까지 본다지 않는가. 그냥 서류만 내는 거라면 몰라도 처음 보는 사람들 앞에서 '조용재'인 척 능청을 떨고 싶진 않았다. 용재는 짜증이 왈칵 치밀었다.

"별거 아닐 거야."

장호가 슬그머니 용재 눈치를 보았다.

"그걸 니가 어떻게 알아! 이상한 거 막 물어보면 뭐라 그럴 건데! 괜히 너 땜에 뻥까지 다 쳐 놔 가지고."

"아이고, 순진한 새끼. 사기 안 치고 전부 그대로 쓴 애들이 몇이나 될 거 같으냐? 딴 애들도 다 똑같아."

장호는 애써 거드럭대며 용재의 투정을 서둘러 깔아뭉갰다.

용재에게는 당장 편의점 일도 문제였다. 면접 시간이 편의점 교대 시간이랑 딱 겹쳤다. 사장은 근무시간 빼는 걸 좋아하지 않았다. 용재도 사장한테 아쉬운 소리 하기 싫었다. 차라리 그 핑계로 면접에 안 가고 싶었다. 그런데 앞 시간 누나가 대뜸 걱정 말라며 나섰다. 그날 자기가 두 시간 더 일해 주겠다고, 시급도 필요 없다고 했다.

"대신에 너 호주 가면 나 꿀 몇 병만 사다 주라. 호주에서만 파는 무슨 꿀이 있는데 그게 위염에 직방이래. 나 요즘 속이 더 안 좋아진 거 같아. 밥을 먹어도 아프고 안 먹어도 아프고, 바늘로 찌르는 것처럼 아주 미치겠다."

용재야말로 갈수록 입맛이 쓰고 속이 답답했다. 이젠 누나 앞에서 '그까짓 호주, 내가 더러워서 안 간다!' 억지소리를 할 수도 없었다. 누나는 부쩍 누레진 얼굴로 명치끝을 꾹꾹 누르며 서 있었다.

면접 날 오후, 용재와 장호는 학교를 나와 신도시 공원 길을 휘적휘적 걸었다. 어학원은 공원 지나 사거리 큰길가에 있었다.

"야, 잠깐만!"

장호가 공원 화장실 안으로 튀어 들어갔다. 한참 만에 나타난 장호를 보고 용재가 헛웃음을 터뜨렸다. 장호는 왁스를 처발라 싹싹 넘겼던 옆머리들을 도로 다 쓸어내리고, 쫄쫄이처럼 바짝

줄여 입은 자기 바지 대신 누구 건지 알 수 없는 헐렁한 교복 바지를 꿰입고 있었다. 그러고 보니 왼손에 매일같이 끼고 다니던 뱀대가리 은반지도 보이지 않았다.

"끝까지 최선은 다해 봐야지. 안 그래, 부라더?"

시골 청년 같은 얼굴을 하고 장호가 너스레를 떨었다. 그러자 용재도 심장이 착 올라붙었다. '그래, 이왕 여기까지 온 거…….' 하는 생각이 배창자 사이를 고물고물 비집고 올라왔다.

5층짜리 어학원 건물에는 교실이 수십 개였다. 물어물어 찾아간 면접 대기실은 맨 꼭대기 층 구석에 박혀 있었다. 문을 열고 들어서려다 말고 용재가 멈칫하였다. 안에는 족히 서른 명은 되어 보이는 아이들이 빽빽이 앉아 있었다. 장호도 좀 놀란 눈치였다. 장호는 애들이 아무리 많이 와 봐야 열 명이라며, 용재 성적 정도면 되고도 남는다고 큰소리 쳤더랬다.

어학원 직원이 대기실로 들어오더니 1번, 2번, 3번, 순번을 대며 아이들 이름을 챙겨 불렀다. 지금부터 옆 교실에서 면접을 시작할 테니 번호 순서대로 일곱 명씩 들어오라는 말도 했다. 용재는 29번, 장호는 30번, 나란히 맨 마지막 조였다.

물 마시러 나갔다 들어온 장호가 용재에게 귀엣말을 했다.

"첫 번째 조는 전부 다문화 애들인 거 같아. 생긴 게 그래."

그러면서 처지가 비슷한 애들끼리 조를 묶은 게 틀림없다고 했다. 용재가 천천히 고개를 끄덕였다. 장호와 자기가 같은 조인 걸 보면 맞는 말 같았다.

"딱 보니까 한 조에서 여러 명 되긴 힘들겠다. 이왕이면 이쪽저쪽에서 골고루 뽑아야 보기도 좋고 불만도 없지 않겠어?"

장호가 눈알을 궁굴리며 또 아는 체를 했다. 용재는 대꾸 없이 입술만 감쳐물고 있었다. 입 안이 떫고 목이 말랐지만 밖에 나갔다 올 엄두가 나지 않았다. 아이들이 번호순대로 한 무더기씩 교실을 빠져나갔다.

"마지막 조, 들어오래."

앞 조였던 아이가 대기실 문을 열더니 한마디 툭 던지고 갔다. 끝까지 남아 있던 아이들이 주섬주섬 일어나 옆 교실로 들어갔다. 스무 개 남짓한 책상들을 뒤쪽으로 줄줄이 밀어 두고, 그 앞에 면접위원이 세 명 앉아 있었다. 아이들이 문을 등지고 한 줄로 늘어섰다. 그중 용재의 순번이 제일 빨랐다.

"법대에 가고 싶다고?"

한 면접위원이 물었다. 용재는 그렇다고 했다. 별수 없었다. 자기소개서에 이미 그렇게 써 버렸으니까. 엄마랑 둘이 빙그레 편의점을 하며 살고 싶다고 쓸 수는 없었다.

"다른 형제는 없나?"

용재는 형도 없고 동생도 없다. 오랫동안 엄마하고 둘이서만 지냈다.

"살면서 어떤 점이 가장 어려웠나?"

그래도 괜찮았다. 외삼촌이 늘 멀지 않은 곳에 살았고, 숙모가 엄마보다 더 살뜰히 용재를 챙겼고, 형이라면 껌뻑 죽는 준수도 있었다. 하지만 괜찮다고 말하는 순간 모든 걸 망치게 될지 모른다. 용재는 서둘러 머리를 굴려 보았다. 엄마랑 둘이 살아서 뭐가 어려웠을까? 아버지가 있었다면 무엇이 얼마나 더 나았을까? 용재로선 알 도리가 없었다. 아버지는 처음부터 없었고, 그렇게 쭉 살아왔을 뿐이다. 용재에게는 답도 없는 이런 질문에 답해야 하는 게 가장 어려운 일이었다.

장호가 뒷짐 지는 척하며 용재를 툭 건드렸다. 용재가 어눌하게 굴자 애가 타고 답답했던 모양이다. 용재가 무슨 말이든 하려고 입술에 침을 바르는 사이, 덜컥 순서가 넘어가 버렸다. 다음 차례는 장호였다.

장호는 느물느물 잘도 떠들었다. 오래전 아버지랑 갈라선 엄마와 두 동생들 얘기를 눈도 꿈쩍 안 하고 했다. 다리 불편한 엄마가 을산 입구에 수레를 세워 놓고 하루 종일 야쿠르트를 판다는 얘기도 하고, 주말엔 자기랑 동생들이 야쿠르트 박스를 짊어지고 산꼭대기까지 올라가 장사를 한다는 얘기도 하고, 자기는 물건 파는 일에 소질이 좀 있는 것 같다는 얘기며, 지금부터라도 영어를 열심히 배워 나중에 외국을 돌아다니며 사업을 해 볼 생각이라는 얘기도 했다.

다른 아이들도 자기 차례가 되자 기다렸다는 듯이 집안 사정들을 탈탈 털어놓았다. 사연 없는 아이가 하나도 없었다. 아이들은 저마다의 이유로 힘겹게 사는 중임을 구구절절이 고백하였고, 면접위원들의 추가 질문에도 한 점 의혹이 없도록 성실히 답하였다. 누구한테도 말하고 싶지 않을 것 같은, 말해 봐야 당장 해결책도 없고 두고두고 낯 뜨거울 것만 같은 얘기들이 환한 교실 바닥 위에 무심히 펼쳐졌다.

용재는 줄 맨 끝에 서서 그 얘기들을 전부 들었다. 고개를 푹 숙인 채로 들었다. 왠지 딴 아이들 얼굴을 쳐다보면 안 될 것 같았다. 여기서 나가면 다시는 서로 마주치지 말고 모르는 사람처럼 살아가야 할 것만 같았다.

마지막 아이의 면접이 끝나 갈 무렵 용재는 '아, 나는 안 되겠구나.' 하는 생각을 했다. 특별히 억울한 느낌은 들지 않았다. 용재만 몰랐을 뿐, 처음부터 대충은 통하지 않았던 것이다. 가난하려면 확실히 가난하고, 불행하려면 확실히 불행해야 했다. 그게 뭐든, 남을 확실히 따돌리지 않고서는 아무것도 얻을 수 없었다.

신도시 공원 화장실 거울 앞에서 장호가 머리에 다시 왁스를 처발랐다. 바지도 도로 쫄쫄이로 갈아입었다. 장호가 손으로 머리를 꾹꾹 매만지며 방금 전에 했던 얘기를 또 꺼냈다.

"내 말이 맞다니까. 맨 마지막 새끼, 그거 완전 다 뻥이라고. 세상에 어떻게 그렇게 재수 없는 놈이 있을 수 있냐?"

"그러는 넌? 너도 다 구라잖아, 새꺄."

용재 말투에 어깃장이 배었다. 사실 용재는 아까부터 기분이 별로였다. 억울하지는 않은데 이상하게 좀 화가 났다.

"다는 아니거든. 절반은 진짜거든."

장호가 주머니에 넣어 두었던 뱀대가리 반지를 꺼내 왼손 검지에 밀어 넣었다.

"걔도 절반은 진짜겠지."

"웃기시네. 척 보면 모르냐."

"씨바, 척 보고 그걸 어떻게 아는데!"

용재가 버럭 소리를 질렀다. 그제야 장호가 용재를 돌아봤다.

"왜 괜히 성질이야?"

"그니까 척 보고 그걸 어떻게 아냐고! 네가 그걸 어떻게 아는데에에!"

용재가 계속 악을 썼다. 용재는 어떻게든 끝까지 우기고 싶었다. 안 그러면 기분이 더 엉망이 될 것 같았다.

하루에도 몇 번씩 어학원 홈페이지를 드나들던 장호가 둘 다 떨어졌다는 소식을 전해 왔다. 사회 나눔 장학생으로 결국 세 명이 뽑혔는데, 그중 한 명은 예비 합격자라고 했다. 예비 합격자는 자기 돈 내고 호주 가는 애들이 앞으로 열 명 더 모여야 갈 수 있는 대기자였다. 예비 합격자의 운명이 이름도 모르는 아이들 손에 달려 있었다.

용재는 여전히 하루에 다섯 시간씩 빙그레 편의점에서 일을 했다. 띠로리로 띠로리로리 편의점 문을 밀고 들어오는 사람들에게 음료수와 껌과 초콜릿을 팔고, 원하는 액수만큼 교통 카드를 충전해 주고, 틈틈이 진열대 빈 자리에 물건을 채워 넣었다. 그러다 문득 밖을 내다보면 사람들이 우르르 개찰구를 빠져나와 1번 출구로 몰려 나갔다. 떼로 움직이는 사람들은 늘 그렇듯 거침이 없었다.

서로 몸을 떠밀며 나오던 사람들이 어느 순간 거짓말처럼 줄었다. 실속 없이 요란하기만 하던 행사가 불현듯 막을 내린 것 같았다. 용재는 텅 빈 개찰구 앞 환한 편의점 안에서 이따금 전화기를 만지작거렸고, 그러고도 남는 시간엔 연합군이 오나 안 오나 밖을 내다보았다. 연합군은 올 때도 있고 안 올 때도 있었다.

밤 10시. 사장이 문을 밀치고 들어섰다. 어디서 한잔하고 오는 길인지 얼굴이 불콰했다. 용재는 말없이 계산대 정리를 끝냈다. 사장이 그만 가라고 턱짓을 했다. 용재는 한 손에 노가리 밥을 챙겨 들고 천천히 2번 출구를 빠져나왔다.

계단 맨 아래 칸에 앉아 있던 장호가 용재를 돌아보며 일어섰다. 둘은 눈 감고도 걸을 수 있는 구을산 골목을 어정어정 올라갔다. 앞만 보고 걷던 장호가 혼잣말처럼 중얼거렸다.

"나 결심했다."

"뭘?"

용재가 어깨를 움츠렸다. 어제보다 밤공기가 찼다.

“앞으로 메이커 빤쓰 절대 안 입을 거야. 내가 호구도 아니고, 열 배나 비싸게 파는 거 뻔히 알면서 생돈 주고 사 입을 순 없잖아. 안 그러냐?”

“열 배나 비싸게 파는 건 괜찮고, 사 입는 건 싫으냐? 나쁜 새끼.”

“그니까 안 팔고 안 사 입는다고, 새꺄.”

교회 지붕의 십자가가 붉게 번들거렸다. 십자가를 등진 채, 용재가 노가리 밥통에 라면을 쏟아부었다. 노가리가 우물우물 라면을 먹기 시작했다. 노가리는 절대 서두르는 법이 없었다.

장호가 엉덩이를 쭉 빼고 앉아 노가리 등을 쓱쓱 쓸어내렸다. 귀찮아 그러는지, 좋아 그러는지, 노가리가 꼬리를 툭툭 휘둘렀다. 용재도 장호 옆에 주저앉아 노가리 머리를 쓰다듬었다. 노가리 털은 부드럽고 따뜻했다. 용재와 장호는 노가리가 라면을 다 먹을 때까지 머리와 등짝을 계속 훑어 주었다.

최 서 경 … 같은 사람

화장실을 나서며 그 얼굴과 마주쳤다. 그를 만나게 된다면 어떻게 그의 속을 뒤집어 놓을지 수없이 상상해 왔는데도 막상 기회가 찾아오니 온몸이 굳어 버릴 뿐이었다. 나는 습관적으로 그의 생각을 읽었다.

—저 새끼 안 마주치려고 별 지랄을 다 했는데. 설마, 날 대학에 찌르는 건 아니겠지?

귀를 타고 흘러나온 그의 불안이 발치에 짙게 깔렸다. 숨이 막혔다. 먼저 자리를 뜬 것은 나였다. 인터넷에 떠도는 속 시원한 후일담처럼 그에게 통쾌한 한 방을 먹일 용기가 있는 것도 아니었으니까.

도저히 혼자서는 기분을 추스를 수 없을 것 같아 나는 주원의 반으로 향했다. 휘청거리는 무릎을 다잡느라 아주 느리게 걸어야 했다. 쉬는 시간이었지만 복도는 한껏 가라앉아 있었고 학교는 하루 종일 자습 중이었다. 수능이 열흘밖에 남지 않은 시점이었다.

조심스럽게 주원의 반 뒷문을 열고 들어섰다. 인기척에 주원이 저만치서 고개를 들었다.

—가람이가 왔다!

그리고 주원은 장난스럽게 말했다.

"네가 우리 반에 오는 날이 다 있네? 여자애들 반 들어오기 민망하다더니."

주원의 입술 사이로 흘러나오는 말과 속마음이 별반 다르지 않다는 것을 확인하고 나서야 다소 긴장이 풀렸다. 나는 내 목소리가 누군가의 집중을 방해하지 않도록 주의하며 입을 열었다.

"저녁에 나랑 햄버거 먹을 수 있어? 할 얘기 있어."

주원의 반가움이 순간 희미해졌고 나는 불길한 예감에 휩싸였다. 주원이 난처하게 웃었다.

"거기, 이제 못 가."

주원에게 내 말이 중의적으로 들렸다는 것을 깨닫곤 급히 덧붙였다.

"암호 아니고 진짜 맥도날드 가자는 얘기였는데. 그런데 왜 이제 못 가? 수능이라 바빠서?"

"빅맥은 먹으러 갈 수 있어. 그런데 햄버거는 먹으러 못 가."

주원이 두리번거리더니 내 교복 상의를 잡아끌었고, 나는 순순히 주원이 이끄는 대로 몸을 기울였다. 심장이 불안하게 두근거렸다.

"그거 딴 사람한테 선물로 줬어. 나보다 더 필요한 사람한테."

나도 모르게 큰 소리가 나왔다.

"뭐?"

조용히 자습을 하고 있던 애들의 시선이 일순간 우리에게로 쏠렸다. 주원은 입술에 집게손가락을 가져다 대며 조용히 하라는 시늉을 했다. 무슨 소리냐고 주원을 보채려는 찰나, 종이 울렸다.

"아, 좀 이따가 빅맥 먹으면서 다 얘기해 줄게. 너희 반에서 기다려!"

몸을 돌려 뒷문을 향해 걸으며 눈이 마주친 애들의 속내를 강박적으로 읽어 냈다.

—시끄럽게 왜 우리 반에서 난리야.

—외국에서 몇 년 살았다고 A대에 갔다는 애가 쟤야?

각기 다른 불쾌한 감정들이 바닥에 질척하게 고이기 시작했다. 그 웅덩이를 피해 걷다 뒤를 돌아보자 주원이 팔랑팔랑 손을 흔들었다. 손가락 사이로 약간의 미안함과 희망이 흩날렸다. 나는 말 없는 교실의 요란한 풍경을 뒤로한 채 문을 닫고 나섰다. 분명히 땅을 딛고 있는데도 어느 것도 밟고 있는 것 같지가 않았다. 나는 휘청거리며 우리들의 교실을 향해 걸었다.

우리들의 교실에는 나른한 분위기가 감돌았다. 누군가는 하루 종일 휴대폰으로 게임을 했고, 누군가는 의자를 여러 개 붙여 놓고 잠을 잤으며, 대개는 삼삼오오 모여 앉아 잡담을 나누었다.

나는 조용히 교실 구석의 빈 책상에 엎드렸다.

우리들의 교실은 일종의 격리 구역이었다. 재외국민 특례 전형은 여름이면 끝이 났고, 그 소문이 퍼져 나가자 우리는 다른 애들의 눈총을 받기 시작했다. 그들에겐 우리가 한국을 떠나 살아야 했다는 것이 수능 점수도 없이, 심지어 다른 이들이 원서를 내기도 전에, 대학에 합격할 어떤 이유도 되지 못했기 때문이었다. 점점 예민해지는 학생들의 분위기에 학교는 우리들을 다른 학생들과 분리시켜 놓기로 결정했다. 그렇게 '외국에서 살다 왔다는 이유만으로 대학에 합격한' 우리들은 한곳으로 격리되었고, 우리들의 교실로는 어느 누구도 찾아오지 않았다. 단 한 명, 주원을 제외하면.

주원을 처음 만난 것은 중학교 1학년 때였다.

화장실에 다녀오는 길이었다. 반쯤 열린 교실 뒷문 사이로 몇몇 애들이 내 가방을 뒤집어엎고 있는 게 보였다. 또 시작이었다. 지난 몇 달 내내 내 용돈은 모두 그들 차지였다. 나는 그대로 뒤돌아 도망쳤다. 그들이 따라붙는 것은 당연한 일이었다. 지갑은 내 바지 뒷주머니에 있었으니까.

내가 택한 곳은 학교 뒤편의 쓰레기장이었다. 7월의 햇살은 사나웠고 벽돌이 깔린 바닥은 뜨겁게 달궈져 있었다. 냄새나는 쓰레기봉투 사이로 몸을 숨긴 나는 금세 땀으로 젖어 갔다. 비참했지만, 그런 사치스러운 감정에 빠져 있을 여유가 내겐 없었다. 그들이 올까 봐 초조하게 내다보던 나는, 누군가 먹다 버린 컵라면에 벌레가 뒤끓고 있는 것을 발견했다. 반사적으로 헛구역질이 났다. 그 소리를 들었는지 그들의 욕지거리가 점점 다가오기 시작했다.

"냄새 존나 심하네. 이 새끼는 뭐 이런 데로 오냐?"

"제자리 찾아온 거지."

그들은 재미있는 농담이라는 듯이 낄낄거렸다. 이어서 곤두선 목소리가 들렸다.

"이 새끼 빨리 털고 가야 돼. 제시간에 형한테 돈 못 갖다 주면 우리 또 처맞아, 병신들아"

그리고 그때 제 몸집만 한 쓰레기봉투를 든 주원이 나타났다. 주원은 땀에 젖은 내 몰골과 짜증이 날 대로 난 그들을 재빠르게 훑었고, 내 쪽으로 손을 뻗었다. 다 끝장났다고 생각하며 나는 눈을 질끈 감았다.

때와 장소에 맞지 않는 청량한 바람에 나는 실눈을 떴다. 순간 내 눈을 의심했고, 그다음엔 내 머리를 의심했다. 하지만 아무리 노려보고 의심해 보아도 이곳은 끝이 보이지 않는 바다였다. 가볍게 물살을 가로지르는 배의 옆면으로 끊임없이 흰 거품이 일었고, 높게 튄 물방울 몇 개가 가끔씩 내 팔 위로 떨어졌다. 어리둥절하게 주원을 쳐다보자 주원은 머쓱한 표정을 지었다.

"너도 숨을 곳이 필요한 것 같아서."

너도. 그 말에 집중했지만 내색하지는 않았다. 궁금한 것이 많았지만 아닌 척 주원의 눈치를 보았다. 괜히 말실수를 해서 쫓겨나고 싶지 않았다.

"옛날에 누가 줬어. 이런 거 만들 수 있는 능력. 그 사람은 선물이라고 부르더라. 난 현실도피라고 부르지만."

주원이 툭툭 던지듯이 말했다. 나는 한참을 고민하다 물었다.

"누가?"

"몰라. 처음 본 사람."

"왜 준 건데? 처음 봤다면서, 이상하잖아."

내 말에 주원은 고개를 갸웃거리며 말했다.

"글쎄…… 나도 너 처음 봤는데……. 그럼 나도 이상한 사람인가?"

주원은 바람에 산발이 된 머리카락을 정리하며 말했고, 나는 황급히 고개를 저었다. 침묵이 버거워질 때쯤, 주원은 휴대폰으로 자기가 좋아하는 노래를 들려주었다. 옛날 노래라 사운드는 촌스러웠고, 웅얼거리는 발음의 영어 가사는 무슨 말인지 하나도 알아들을 수 없었다. 그 노래를 들으며 주원은 내게 잠시 숨어 있으면 언젠가는 좋은 날이 올지도 모른다고 말했다. 그 말은 좋았다. 내게서 분명히 나쁜 냄새가 날 텐데 그런 내색을 하지 않는 것도 좋았다. 옆에서 본 주원의 얼굴은 분명 내 또래의 여자애였는데 그 외의 것들은 모두 어른처럼 느껴졌다.

처음 만난 그날 이후 주원은 종종 나를 자신의 배 위로 초대했다. 목적지가 불분명한 배 위로 소풍을 떠날 때면 우리는 매번 햄버거를 샀다. 주원은 입이 짧아 햄버거 하나를 다 먹는 법이 없었고, 그러면 남은 햄버거를 내가 먹었다.

하지만 그런 즐거움도 그때뿐이었다. 묻어 둔 사건이 기어코 터져 버린 것은 2학기가 끝나 갈 무렵이었다. 멍청하게도 그들 중 한 놈이 수련회에서 찍은 동영상을 SNS에 올렸기 때문이었다. 그 동영상 안에 있는 나는 맞고, 웅크리고, 모욕적인 말을 듣고, 그들의 바짓가랑이를 붙잡고 있었다.

학교는 뒤집어졌다. 그들의 부모님이 우리 부모님께 무릎을 꿇었다는 이야기가 파다하게 퍼져 나갔고 어른들은 그들에게 어떤 벌을 내려야 할지 회의를 했다. 모두가 내게 괜찮다고, 이젠 다 끝났다고 말했다. 나는 그 말에 동의할 수가 없었다. 눈을 감으면 SNS의 타임라인을 내리다가 내 모습이 담긴 동영상의 재생 버튼을 누르는 이름 모를 사람들의 모습이 자꾸만 아른거렸다.

집에는 조심스러운 분위기가 감돌았다. 엄마 아빠는 나를 언제라도 깨져 버릴 수 있는 유리병처럼 대했다. 엄마 아빠가 내게 관심을 쏟고 다정하게 말을 걸수록 나는 하루빨리 괜찮아져야 한다는 강박에 시달렸다. 더는 엄마 아빠를 걱정시키고 싶지 않왔으니까.

모두가 최선을 다하고 있는데도 나는 답답하기만 했다. 찬 바람이라도 쐬면 나아질까 싶은 마음에 나는 조용히 집 바깥으로 나왔다. 아파트 현관을 나서자 겨울 냄새가 물씬 풍겼다. 갈 곳이 마땅치 않아 재활용 쓰레기를 버리는 곳 구석에 쪼그려 앉았다.

곧 눈이 내리기 시작했다. 나는 가로등 불빛에 반짝거리는 눈송이를 바라보다 휴대폰을 꺼냈다. 부디 바라는 연락이 도착해 있기를. 하지만 내 휴대폰 액정에는 어떤 알림도 떠 있지 않았다. 가만히 발끝을 내려다보았다. 주원은 내게 무슨 일이 벌어졌는지 알고 있을 텐데. 학교가 그렇게 떠들썩했는데 모를 리가 없을 텐데. 하긴, 나라도 나 같은 놈이랑은 만나고 싶지 않을 거야. 더 이상 주원과 햄버거를 나눠 먹지 못할 거라 생각하니 문득 내가 외톨이라는 게 실감이 났다.

멍하니 앞을 바라봤다. 세상이 점차 하얗게 뒤덮이고 있었다. 손을 뻗어 눈이 내려앉을 자리를 내주었지만 눈송이는 내게 닿자마자 녹아 버렸다. 무안해진 손을 주머니에 감추며 고개를 숙였다. 너도 내 곁에는 오기 싫구나. 그래, 나도 잘 알고 있는데.

"네 곁에 가기 싫은 거 아니야. 눈은 차갑고 넌 따뜻하잖아. 녹는 게 당연하지."

갑자기 들려오는 낯선 목소리에 나는 퍼뜩 고개를 들었다. 인근 고등학교의 교복을 입은 형이었다. 길을 걷다가도 닮은꼴을 서너 명은 마주칠 수 있을 정도로 평범하게 생긴 그 형은 무거운 한숨을 내쉬며 내 곁에 나란히 쪼그려 앉았다. 무시하고 일어서려는 때였다.

"잠깐만, 가지 말고 기다려 봐. 난 네 생각이 보이거든."

잠시 말이 없던 그는 곧 결심했다는 듯이 입을 뗐다.

"나도 너랑 같은 생각을 한 적이 있어. 그래서 말인데 이 능력, 너한테 줄까? 선물이야."

선물. 그 말에 주원이 했던 이야기가 떠올랐다. 나는 희미하게 고개를 끄덕였다.

"잘 쓰다가 나중에 너보다 더 필요할 것 같은 사람 만나면 선물로 줘."

잠시 후 그는 어색한 인사를 건네곤 떠나갔다. 내게 처음으로 말을 걸 때와는 달리 떠나는 그의 발걸음은 산뜻했고, 가볍고 희미하게 반짝이는 것들이 그의 머리카락 주위를 맴돌고 있었다.

그의 모습이 완전히 사라지자 나는 주원에게 전화를 걸었다. 주원이 이 이야기에 흥미를 느낀다면 우리가 나눠 먹을 햄버거가 몇 개 더 생길지도 모른다고 생각했다. 신호음이 채 두 번도 울리지 않았는데 주원의 목소리가 들렸다. 모든 용기를 끌어 모아 말했다.

"혹시 잠깐 나올 수 있어?"

미안, 시간이 너무 늦어서. 아니, 너무 추워서. 아니, 사실은 너를 별로 만나고 싶지 않아서. 그런 대답이 들려올까 가슴을 졸인 순간, 주원이 허둥거리며 대답했다.

"당연하지, 당연하지. 나갈게."

코끝이 찡했다. 나는 누구도 밟지 않은 눈길에 발자국을 남겨가며 주원의 아파트를 향해 걸었다. 저 멀리 주원의 아파트가 보였다. 나는 천천히 다가갔다. 이야기를 나눌 수 있을 만큼 가까워지자 주원이 말했다.

"연락하려고 했는데 혹시 내가 너한테 상처 줄까 봐 겁났어. 미안. 그러면 안 되는 거였는데."

나는 입술을 깨물며 주원의 눈을 바라봤다.

—가람이가 나한테 먼저 연락하게 하다니. 그러지 말았어야 했는데.

주원의 머릿속이 환하게 보였다. 안도감이 먼저 찾아왔다. 처음 읽은 생각이 이것이어서 다행이었다. 나는 괜찮다고 말했지만 주원은 살며시 고개를 가로저었다.

"아냐. 진짜 미안해. 너 힘들었을 텐데."

예상 외로 주원은 내가 받은 선물 이야기엔 관심이 없었다. 그저 늦은 시간에 전화해도 좋다고, 바깥에 얼마나 있었던 거냐고 말하며 유치한 눈사람이 그려진 장갑을 내밀었을 뿐이었다.

어쨌든 내가 그런 신비로운 선물을 받은 이후로, 우리는 좀 더 자주 만나기 시작했다. 만나서 하는 일은 비슷했다. 배 위에 올라 햄버거를 먹고, 영양가 없는 이야기를 나누었다. 낮이면 즐겁게 뛰어놀았고, 밤이면 일렁거리는 은하수를 구경했다. 주원이 좋아하고 내가 싫어하던 그 노래도 자꾸 듣다 보니 정이 들었다.

문제는 다시 현실로 돌아왔을 때였다. 최대한 조용하게 현관문을 열고 집으로 들어갔는데도 엄마가 귀신같이 말을 걸어왔다.

"왔니? 친구 잘 만났어?"

—다친 데는 없나. 겉보기엔 멀쩡한데. 그냥 물어볼까? 아니다. 괜히 그랬다가 들쑤시게 되면…….

눈을 마주치면 생각이 보이는데 가족들의 얼굴을 안 보고 살 수도 없는 노릇이었다.

"또 주원이 만난 거야? 너 걔 좋아하지?"

오랜만에 집에 일찍 들어온 아빠가 장난스럽게 말했다.

—도대체 주원이라는 애는 누굴까. 걔는 친구라면서 애가 그 지경이 될 때까지…….

"그런 거 아니거든."

나는 아빠의 장난을 간신히 받아쳤다.

피곤하다는 핑계로 내 방으로 도망쳐 겉옷만 벗은 채 바로 침대에 누웠다. 환상이 아름다워질수록 현실은 비참해졌다. 주원의 배에서 내리는 순간 나는 다시 동영상의 그 애가 되었다. 가족들을 노심초사하게 만드는, 불쌍하고 운이 없는 그 애.

눈을 감았다. 배를 생각했다. 나는 왜 그 안전하고 아름다운 배 위에서 살 수가 없을까. 아니, 왜 세상은 그 배 같지가 않을까. 나는 매일 밤 주원의 배를 그리워하며 잠이 들었다.

그리고 그 무렵, 아빠는 고심하고 있던 주재원 자리를 승낙했다. 봄이면 우리 가족은 중국으로 떠날 예정이었다. 떠나기 직전까지도 나는 주원에게 그 사실을 말하지 못했다. 주원이 나를 어차피 떠나 버릴 사람이라고 생각하며 정을 뗄까 봐 두려웠다. 열다섯 살이 되던 겨울, 내가 가진 것은 주원과 주원의 배와 우리가 나눠 먹은 햄버거들밖에 없었으니까. 그리고 주원은 어른스러우니까 이해해 줄 거라고, 괜찮을 거라고 믿었다.

"야, 학교 마치고 뭐 할 거냐?"

누군가가 책상을 똑똑 두드렸다. 정재혁이었다. 나는 어물어물 대답했다.

"아, 약속이 있어서."

"같이 피시방 가자고 하려고 했는데!"

정재혁은 학교에서 내가 말을 트고 지내는 몇 안 되는 사람 중 한 명이었다. 파장이 맞는 사람이라 가까워졌다기보다는, 그냥 정재혁이 그런 사람이라는 표현이 적당할 것이다. 자신감 넘치고, 사교적이고, 낙천적이고, 곁에 있는 사람한테 한 번은 친한 척을 하고 상냥한 말을 건네 보아야 직성이 풀리는 그런 사람.

"그리고 나 게임을 잘 못해서 같이 가 봐야 민폐일걸."

나는 들릴 듯 말 듯 하게 대답했고, 정재혁은 특유의 호탕한 웃음소리를 내며 내 어깨를 한 대 팡 때렸다.

"좀 못하면 어떠냐? 같이 하는 게 재미지."

정재혁은 운이 좋은 사람이었다. 머릿속을 파고들고 파고들어도 어디 한 군데 곪은 구석이 없었다. 파견 발령 난 아버지를 따라 동남아로 건너가 그곳에서 자연스럽게 맘에 맞는 친구들을 사귀며, 적당한 성적과 즐거운 경험을 가지고 한국으로 돌아온 아이다. 가족은 늘 화목했고 경제적으로도 넉넉했다.

어딜 가나 한 명씩은 있는 애들이었다. 그런 애들은 사람을 좋아했다. 그러니 구석에 박혀 자꾸만 혼자 있으려는 내게 끈질기게 말을 거는 것이다. 먼저 다가와 주는 건 고마운 일이지만 나는 정재혁과 같은 애들을 보면 부러웠고, 사실은 좀 부담스러웠다.

"그런데 약속은 누구랑? 가끔 놀러 오는 그 여자애?"

나는 작게 고개를 끄덕였다.

"아, 한국에 친구 있어서 좋겠다. 넌 어떻게 걔랑 친구야?"

지난 이야기는 꺼내고 싶지가 않았다. 나는 슬쩍 얼버무렸다.

"그냥, 어쩌다 보니까."

다행스럽게도 정재혁은 그 이상을 궁금해하지는 않았다.

"부럽다. 난 다른 반 애들하고는 말도 제대로 못 해 봤어."

"걔들한테 말 걸지 말라고 여기다 우릴 옮겨 놓은 거잖아."

나는 한숨을 쉬듯 말했다.

"그건 그런데, 우리가 뭘 잘못한 건 아니잖아."

정재혁은 억울한 눈빛이었다. 하지만 잘못한 게 없어도 내가 원하지 않은 방향으로 흘러가는 일들은 많으니까. 우리만 해도 부모님을 따라 외국으로 나갔다 우리를 반기지 않는 애들이 있는 교실을 거쳐 지금 이곳으로 흘러왔잖아. 나는 자신의 자리로 돌아가는 정재혁의 뒷모습을 바라보며 하고 싶은 말을 삼켰다.

아빠의 근무지는 중국이었다. 새로운 학교에서 내 목표는 단 한 가지였다. 이전의 모습을 완전히 가셔 내고 다른 사람이 되어서 한국으로 돌아가는 것. 한국에서의 나는 별 이유 없이도 따돌림을 당했다. 그 진창에 다시 처박히지 않는 방법은 누구도 무시하지 못할 사람이 되는 것밖에 없을 거라고 생각했다.

나는 겉으로는 티 없이 낙천적인 사람인 양했고, 속으로는 모든 사람들의 마음을 샅샅이 읽었다. 사람들이 선망하는 것들은 비슷비슷했다. 학교 성적, 토플, 모의 유엔과 같은 대외 활동, 그리고 다른 사람들과의 원활한 관계. 나는 그 모든 걸 갖추기 위해 남들보다 배는 더 노력을 했다.

곧 곁을 메울 여러 친구들이 생겼다. 약간의 자신감을 되찾고 나서야 주원에게 메시지를 보냈다. 말없이 와서 미안. 주원은 짧게 대답했다. 괜찮아.

시간이 흐를수록 나는 내 이상형에 가까워졌다. 좋은 성적을 받기 위해 남몰래 아등바등했던 것이 쓸 만한 결과로 나타났고, 토플 점수는 나날이 만점을 향해 다가갔다. 모의 유엔에서는 에이스 자리를 획득했고, 학교가 끝나고 축구나 농구를 할 때면 친구들은 늘 나를 불러냈다. 그렇게 나는 점점 더 인정받는 사람이 되어 갔고, 겉으로 티를 내지는 않았지만 부모님도 내 변화에 크게 감격했다.

그렇게 졸업 학년이 됐다. 우리 학교는 한국인이 많은 국제학교였다. 고등학교를 졸업하고 대학에 가게 된다는 건 한국의 학교와 똑같았지만, 국제학교의 이별은 좀 더 대대적이었다. 우리들의 선택지는 각양각색이었다. 중국에 남아 대학에 진학하는 경우도 있었지만, 아예 다른 나라 대학에 가거나 한국으로 돌아가는 경우도 많았다.

우리 가족은 마지막 케이스였다. 마침 아빠의 주재원 발령도 끝이 나던 시점이었고, 나는 한국에 있는 대학에 진학할 예정이었다. 한국으로 떠나가기 전날 저녁, 송별회를 위해 국제학교 친구들과 모였다.

"너 간다니까 기분이 좀 그렇네."

친구에게선 아쉬움이 뚝뚝 떨어졌다.

"넌 가서도 잘할 거다. 우리 학교에서 고급 영어 퀴즈 다 맞힌 사람 너밖에 더 있었냐?"

"그래. 여기서도 잘했는데 한국에서도 당연히 잘하겠지."

그 말을 듣자 해방감이 온몸을 휘감았다. 나는 예전의 그 애가 아니구나.

친구들과 헤어지고 집에 돌아오자마자 휴대폰을 들었다. 주원에게 메시지를 보냈다. 나 내일 한국 가. 곧장 답장이 왔다. 생각보다 싱겁게 약속 날짜가 잡혔다.

약속 장소는 동네의 한 프랜차이즈 카페였다. 약속 시간보다 일찍 나가서 문을 열고 들어오는 주원을 맞이하고 싶었는데 자꾸만 일이 꼬였다. 알람 소리를 듣지 못해 늦잠을 잤고, 입으려고 했던 옷은 엄마가 빨아 버렸으며, 오늘따라 머리가 이상해 보였다. 약속 시간은 2시였지만 집을 나설 땐 이미 2시 15분이었다. 나는 있는 힘껏 달렸다. 우리가 처음 만났던 날만큼이나 햇볕이 뜨거운 날이었다. 땀이 흘렀고 애써 공을 들인 머리가 망가지기 시작했다.

북적거리는 카페 안으로 뛰어 들어갔다. 두리번거리면서 주원을 찾았지만 보이지 않았다. 약속 시간으로부터 35분이 지나 있었다. 연락도 없는 누군가를 기다리기엔 긴 시간이었다.

허탈하게 카페 바깥으로 나오며 주원에게 전화를 걸었다. 신호음이 울리는 동안 제발 기회를 놓친 게 아니기를 간절하게 바랐다. 그리고 카페 오른쪽 골목에서 우리가 배에 오를 때마다 듣던 노래의 후렴이 들려왔다. 나는 그 소리를 향해 다시 한번 달렸다. 주원이었다. 물방울이 잔뜩 맺힌 테이크아웃 커피 잔을 든 채로 주원은 나를 빤히 바라보았다. 나는 재빨리 주원의 손목을 붙잡았다.

"미안해."

주원이 되물었다.

"뭐가?"

"늦었잖아. 다시 들어가자."

나는 자신감 넘치고 당당한 남자애처럼 말했다. 우리가 떨어져 있던 시간 동안 늘 그래 왔던 모습이었다. 주원은 주춤하더니 손목을 빼고 앞장섰다.

"그래, 들어가자."

잠시 멍하게 서 있던 나는 금세 주원을 뒤쫓아 걸었다. 카페에 들어서자마자 나는 얼음이 다 녹은 주원의 커피를 빼앗아 쓰레기통에 버리고 새 음료를 주문했다.

"나 되게 달라지지 않았어?"

자리에 앉자마자 나는 그렇게 말했고, 주원은 건조한 목소리로 대답했다.

"그러게. 다른 사람 같네."

주원의 대답에 가슴이 덜컥 내려앉았다. 떠나간 후로 나는 내내 다른 사람이 되기 위해 노력했다. 다시 만날 주원에게 달라졌다는 것을 보여 주고 싶었고, 주원은 내게 다른 사람 같다고 말했다. 완벽하게 내가 원하던 결과였다. 하지만 어쩐지 하지 말아야 할 일을 한 기분이었다.

"진짜 내가 모르는 사람 같아."

주원은 냉랭했다. 내가 늦어서 화가 난 것이 아닌 것 같았다. 때마침 진동 벨이 울렸다. 주문한 커피를 가져오는 나를 주원이 잠자코 바라봤다.

단호한 겉모습과는 달리 주원의 속마음은 비명을 지르고 있었다. 한마디 말도 없이 떠나간 나에 대한 야속함, 내 연락을 기다리던 날들, 내가 새로운 삶을 살아가느라 바쁜 모양이라고 체념하던 순간, 내 불안을 이해하려는 수만 가지 노력들, 아주 오래간만에 온 연락을 받았을 때의 허탈함이 한꺼번에 아우성치고 있었다. 나는 누군가에게 뺨을 아주 세게 얻어맞은 기분으로 주원을 향해 걸었다.

"미안해. 그러면 안 되는 거였는데."

나는 어느 겨울 주원이 내게 했던 말을 본떠 사과했다. 나는 주원이 어른이라고 믿었다. 착각이었다. 눈앞에는 나와 똑같이 상처받고 슬퍼할 줄 아는 아이 하나가 무표정한 얼굴로 커피를 마시고 있을 뿐이었다.

"떠난다고 하면 네가 날 밀어낼까 봐 무서웠어."

주원은 대답이 없었다. 초조함에 목이 탔다. 커피를 벌컥 들이켜곤 간신히 다시 입을 열었다.

"내가 내 생각밖에 못 했어. 네 앞에 멋지게 짠 하고 나타나려는 생각뿐이었어."

고개를 숙였다. 주원의 생각을 읽고 싶어질까 봐 두려웠다.

"땅 좀 그만 파. 그때 너 힘들었던 건 나도 아니까."

한참 만에 주원이 입을 열었다. 나는 입술을 짓씹으며 물었다.

"진짜 내가 모르는 사람 같아?"

눈동자만 살짝 굴려 주원의 안색을 살폈다. 내내 굳어 있던 주원의 표정이 슬슬 풀리고 있었다.

"음, 몇 분 전까지는."

곧 주원이 피식 웃었다. 그 소리를 듣고서야 긴장이 풀렸다.

"네가 너무 떨어서 내가 다 땀이 나네. 그래서 중국은 좋았어? 대학은 한국에서 가는 거지?"

"중국은 그냥 그랬고 대학은 한국에서 가. 그런데 주원아."

"응?"

"너는 어때?"

주원이 고개를 갸웃거렸다.

"넌 지금도 숨을 곳이 필요해?"

주원은 잠시 망설이다 작게 고개를 끄덕였다.

"똑같아, 중학생 때나 고등학생 때나. 더 좋아지지도 않았고 더 나빠지지도 않았어."

주원은 담담하게 말했고 나는 눈을 내리깔았다.

"그렇구나."

사실은 나도 그래.

물론 이 말은 하지 못했다. 하지만 그토록 벗어나고 싶던 모습이 아직 내 안에 있다는 걸 인정하는 것만으로도, 이상하리만치 마음이 편해졌다.

좀처럼 열리지 않는 우리들 교실의 뒷문이 열리는 소리가 들렸다. 반사적으로 고개를 돌린 나는 내게로 다가오는 그 얼굴과 마주쳤다. 숨이 턱 막혔다. 그가 말했다.

"얘기 좀 할까?"

떨리는 입술을 손가락으로 누르며 그를 따랐다. 우리는 춥고 황량한 복도에서 서로를 마주 보고 한참을 말없이 서 있었다.

"이렇게 다시 볼 줄은 몰랐네."

그는 주저하며 덧붙였다.

"그때는 진짜 미안했다."

진심이 아니라는 것쯤은 생각을 읽지 않고도 알 수 있었다. 나는 그와 똑같은 태도로 대답했다.

"괜찮아."

"너 되게 좋은 대학 갔더라? 토플 점수도 장난 아니라며. 부럽네."

어색한 미소 때문에 딱딱하게 굳어 버린 입매로 그가 말했다.

"그냥, 가라."

나는 간신히 쏘아붙였다.

"너랑 내가 칭찬 주고받을 사이도 아니고."

그가 마른 입술을 혀로 한 번 축이곤 차분하게 말했다.

"네가 날 세워도 할 말 없긴 한데 나도 지금까지 마음 안 좋았다. 진심이야."

—찍소리도 못하던 새끼가.

나는 고개를 돌렸다. 자습 중간에 교실을 뛰쳐나와 이곳으로 와야만 했을 이유는 불 보듯 뻔한 것이었다.

"대학에 찌르고 뭐 그런 거 안 할 테니까 꺼지라고. 너 그거 무서워서 온 거잖아."

그는 눈을 내리깔았다. 불안과 분노가 귀를 타고 흘러나와 그의 몸을 모조리 감쌌다. 그는 자기와 눈을 마주칠 때마다 덜덜 떨던 나와 그런 나를 내려다보던 자신의 모습을 떠올리고 있었다. 나는 그에게로 바짝 다가갔다.

"내가 네 앞에 서 있는 게…… 그렇게 좆같냐?"

가만히 나를 바라보다가 그는 대답 없이 돌아섰다. 나는 그의 뒷모습을 잠시 바라보았다. 신기하게도 휘청거리지는 않았다. 그저 한결같은 놈이라고 생각했을 뿐이다. 어찌 보면 그건 당연한 일이었다. 사람은 자기가 기대하는 것만큼 쉽게 변하지 않으니까.

저녁 시간을 알리는 종이 울렸다.

"먼저 간다. 내일은 나랑 피시방 가자."

복도에서 고개를 쑥 들이밀고 말하는 정재혁에게 고개를 끄덕였다.

텅 빈 교실에서 나는 주원이 오기만을 기다렸다. 가방을 멘 채 마른세수를 했다. 맞지 않는 옷을 입은 것처럼 가슴이 답답했다.

뒷문이 열리고 주원이 들어왔다. 주원은 남의 속도 모르고 손을 팔랑팔랑 흔들며 내게로 다가왔다.

"아까 하려던 얘기가 뭐야?"

자리에서 일어서며 대답했다.

"그 새끼를 만났어."

"누구?"

"그때 동영상 찍었던 새끼."

주원이 헉 소리를 내며 입을 틀어막았다.

교문을 통과해 길을 한 번 꺾었다. 우리는 맥도날드를 향해 걸었다.

"진심으로 사과한 거야?"

주원이 불쑥 물었다.

"아니. 나한테 사과하는 거 자존심 상한다고 생각하던데."

"그래도 네가 괜찮아 보여서 다행이다."

"그러게. 생각보다 괜찮네."

"하긴, 벽돌집 한 번 걷어찬다고 무너지는 건 아니잖아?"

주원은 말해 놓고 화들짝 놀랐다.

"와, 내가 말했지만 명언이다."

걷다 보니 어느새 우리는 원하던 곳에 다다라 있었고, 주원은 가게의 유리문을 밀고 들어갔다.

"이제 네가 햄버거 먹으러 가자고 하면 그냥 진짜 햄버거 사 먹으러 가는 거야."

편안해 보이는 주원의 표정에 나는 불퉁하게 대답했다.

"그렇게 좋냐?"

"장난 아냐."

우리는 빅맥 세트 두 개를 받아 들곤 2층 창가에 자리를 잡았다. 나는 크게 한입 베어 문 햄버거를 잘 씹어 삼키곤 말했다.

"누구한테 줬어?"

"할아버지 물리치료받는 거 따라갔다가 병원에서 만난 사람이었어. 이름은 들었는데 까먹었고, 나이는 아마 20대 후반 정도? 사실 잘 모르겠어. 집이랑은 의절했고 애인이 죽었대."

주원은 어색하게 웃으며 덧붙였다.

"너한테 아무 얘기도 없이 덜컥 줘서 미안. 나도 그 사람 얘기 듣다 보니까 너무 안타까워서 그냥 줘 버렸어. 좀 놀랐지?"

"사실 그것도 좀 섭섭했는데, 그것보다는……."

나는 목소리를 한번 가다듬고 말했다.

"이제 그 햄버거 같이 먹으러 못 가니까."

"그래. 못 가지."

주원이 멋진 결정을 한 건 분명했는데, 나는 조금 외로워졌다. 나랑 가장 닮았다고 믿었던 사람이 세상에서 나와 가장 다른 사람이 되어 버린 기분이었다.

"나도 그건 좀 아쉬워. 그렇다고 치사하게 줬다 뺏을 수도 없잖아. 그 사람 다시 만날 방법도 없고, 막상 주고 나니까 내겐 필요 없다는 생각도 들고."

감자튀김을 깨작거리며 주원이 희미하게 웃었다. 나도 가까스로 마주 웃으며 고개를 끄덕였다. 그래야 할 것 같았다. 주원이라면, 내가 선물을 주고 왔을 때 앓는 소리를 하며 투정을 부리지는 않을 테니까.

"잘했어. 그 사람도 널 멋있다고 생각했을 거야."

용기를 끌어 모아 주원을 응원했다.

"아닐걸? 나 완전 버벅거렸다? 이상한 사람이라고 생각했을걸?"

주원이 키득거리며 말했고 나는 손사래를 쳤다.

"아냐. 나 아직 나한테 선물 준 형 생생하게 기억해. 어색하게 굴었는데 뒷모습에서 예쁜 게 보였어."

"진짜?"

주원의 얼굴에서 다행스러움이 자잘하게 빛나기 시작했다.

"어떻게 그걸 잊을 수가 있겠어. 너도 그렇지 않아?"

"그렇지."

"그런데 넌 어쩌다가 받았어?"

대수롭지 않게 던진 질문이었는데 주원은 적잖이 당황한 눈치였다.

"아, 그게……. 너 나 할머니 할아버지랑 사는 거 알지?"

나는 살며시 고개를 저었다.

"그냥 네가 내 머릿속 봐."

주원이 덧붙였다.

"알고 있을 줄 알았는데."

"그러게. 왜 나는 그동안……."

심장이 두근거렸다. 나는 눈을 질끈 감고 대답했다.

"싫어. 네가 말해 줘."

나는 여전히 눈을 감은 채 두 손을 들어 보였다. 조그만 탁자 너머로 주원이 깊게 숨을 들이마시는 소리가 들렸다. 침묵이 잇따랐다. 스피커에서는 요란한 노래가 흘러나오고 있었고 주변은 다른 사람들이 떠드는 소리로 어수선했다. 나는 행여나 주원의 목소리를 놓치게 될까 앞쪽으로 몸을 당겨 앉았다. 주원이 참았던 숨을 길게 몰아쉰 건 그때였다.

"으, 아직 마음의 준비가 안 된 것 같다."

나는 눈을 다시 뜨며 말했다.

"그럼 그냥 나중에 얘기해. 아니면 뭐, 안 해 줘도 상관없어."

주원은 약간 놀란 기색이었다. 더 놀란 것은 나였다. 나는 괜히 쑥스러워 말없이 식사에 집중했다. 내가 햄버거 하나를 다 해치우기도 전에 주원은 제 몫의 햄버거에 흥미를 잃었고, 나는 늘 그랬듯 주원이 남긴 햄버거를 가져다 먹었다.

주원의 집과 우리 집은 서로 다른 방향이었다. 우리는 가볍게 인사를 나누고 헤어졌다.

맥도날드에서 우리 집까지는 채 5분도 걸리지 않았다. 집 근처에 다다르자 물씬 피로가 몰려왔다. 유난히 긴 하루였다. 어서 씻고 푹신한 침대에 눕고 싶다는 생각에 발걸음을 재촉했다.

쓰레기를 내다 놓는 곳에서 부스럭 소리가 났다. 웅크려 앉은, 작은 아이였다. 그는 흘긋흘긋 내 눈치를 보며 제 무릎을 꼭 끌어안았다. 누구의 눈에도 띄지 않을 정도로 작아지고 싶다는 듯한, 아무도 모르게 사라져 버리고 싶다는 듯한 움직임이었다. 그의 머릿속을 헤집고 있는 것은 내게도 익숙한 기억들이었다.

나는 홀린 듯 그에게로 걸어갔다. 어떻게 운을 떼야 할지는 감이 오지 않았지만 일단 그의 곁에 쪼그려 앉았다. 내 세상이 보다 고요한 방향을 향해 뱃머리를 돌리고 있었다.

최 상 희 … 유나의 유나

첫째 시간이 끝난 뒤 쉬는 시간에 유나가 내 옆에 앉더니 뜬금없는 소리를 했다. 지금 자신은 둘로 분리되어 있다고. 나는 숙제를 베끼느라 무지 바쁜 와중에도 성심껏 대답해 줬다. 그런 거라면 나도 얼마든지 할 수 있다고. 수업 시간에 자리에는 앉아 있지만 내 마음은 전날 본 TV 드라마 속을 떠돌거나 루나 오빠들의 콘서트장에 가 있기도 한다고. 유체 이탈은 우리 같은 학생이 가장 잘하는 일 아니냐고 말하자 유나는 그런 게 아니라 정말로 자신은 둘로 분리되어 있다고 했다.

자초지종은 이랬다. 오늘 아침 학교 오는 길에 유나는 전날 휴대폰 게임을 밤늦게까지 한 터라 온몸이 노곤하고 머리가 흐릿하여 오늘 같은 날은 정말이지 집에서 쉬고 싶다고 생각했다. 그 순간 어맛, 자신의 몸에서 스르르 뭔가 빠져나가는 것 같더니 눈앞에 유나, 그러니까 자신과 100퍼센트 똑같은 모습이라 유나가 아니라고 추호도 의심할 수 없는 유나가 생겨났다고 했다. 그래서 그 분리된 유나는 지금 부모님 모두 출근하고 난 빈 집 안, 자기 방 침대에 누워 자고 있단다. 그렇게 된 이야기였다.

기가 막혀 절로 한숨이 나왔다. 나는 그럴 거면 네가 집에 누워 있고 분리된 유나(유나는 '유나 투'라고 부르자고 했다.)를 학교에 보내지 그랬냐고 했더니, 유나는 너무 순식간에 벌어진 일이라 거기까지는 미처 생각하지 못했다고 뒤늦게 아쉬워했다. 그러더니 유나 투가 학교에서 무슨 실수라도 하면 어떡하냐고, 잘한 일 같다고 애써 스스로를 위로했지만 실은 유나 투가 분리되자마자 바로 집으로 돌아가는데 그 걸음이 어찌나 발랄한지 자신은 그저 멍하니 바라볼 수밖에 없었다고 털어놓았다. 다음에는 꼭 네가 집에서 쉬고 유나 투를 학교에 보내라고 했더니 유나는 그럼 유나 투를 잘 부탁한다고 했다. 염려 말라는 내 말에 유나는 안심한 얼굴로 제자리로 돌아갔다. 나는 하고 있던 영어 숙제에 더욱 매진하여 수업 시작 직전에 아슬아슬하게 끝냈다. 잠시 요즘 날이 너무 더운가, 하고 생각하긴 했다.

유나는 새 학년이 되면서 처음으로 짝이 된 아이였는데 유나를 보자마자 나는 적잖이 안도했다. 유나는 딱 나와 같은 부류였다. 회 접시에 깔린 무채나 과자 봉지에 들어 있는 질소 같은 존재라고나 할까. 하루 종일 같이 있다가 집에 돌아가면 얼굴이 가물가물한, 혹은 얼굴은 생각나도 이름이 어렴풋한, 한 반에 적어도 수십 명은 있는 어련무던한 존재들. 그것이 바로 유나와 나였다. 같은 처지의 사람들끼리는 알아보기 쉬운 법이었다. 그래서 유나도 나를 처음 본 순간 망망대해에서 동종의 물고기를 만난 양 무심한 얼굴로 눈을 끔벅거렸다. 조금 개복치 같다고, 나는 생각했다.

곧 유나와 나는 둘도 없는 단짝이 되었다. 화장실도 같이 가고 급식도 나란히 앉아 먹고, 학교 앞 사거리까지 함께 걸어가 아쉬워하며 헤어지고 나서도 두 번쯤은 뒤돌아 빠이빠이를 하고 세 번째 뒤돌아봤을 때도 어김없이 눈이 마주치면 왠지 울컥하는 심정이 되어 못다한 이야기를 잠들기 전까지 끊임없이 문자로 주고받는 단짝. 지금 유나는 나보다 다섯 줄 앞자리에 앉아 있는데 그래도 우리는 여전히 단짝, 척 보면 척 하고 통하는, 몸은 나뉘어 있지만 한 몸이나 다름없는 단짝이다. 뒤에서 보니 목을 꼿꼿이 세우고 있긴 해도 유나의 등짝에는 명백히 '안 듣고 있음'이란 기운이 감돌았다. 보나 마나 유나 투인지 뭔지 하는 걸 생각하는 중인 게 분명했다.

분리라는 둥, 유나 투라는 둥, 알쏭달쏭한 말을 한 며칠 뒤 일요일에 유나가 우리 집에 찾아왔다. 아침을 늦게 먹어 점심 먹기에는 이르고 그렇다고 안 먹기에는 서운한 이런 시간이면 유나는 바이올린 레슨을 받는 중일 텐데 어쩐 일인가 하다가 빙글거리는 유나를 보고 아아, 바이올린은 유나 투가 켜고 있구나, 하고 알아차렸다. 라면 먹겠냐고 했더니 기다렸다는 듯이 유나는 면은 꼬들하게 삶고 계란은 넣지 말라고 언제나처럼 신신당부했다. 그러고도 못 미더운지 약속에 도장, 복사 찡까지 하고 내 방으로 들어갔다. 라면이 다 끓어서 유나를 불렀는데 아무리 불러도 나오질 않기에 또 휴대폰 게임에 빠져 있구나 해서 가 보니 유나는 내 방 유리창에 코를 대고 있었다. 라면 먹자, 했지만 유나는 들은 척도 안 했다. 뭐에 정신이 팔렸나 하고 다가가 창밖을 내다봤지만 주차장에 세워진 차와 그 사이로 오가는 사람 몇만 보일 뿐, 별다른 건 없었다.

"세상이 어째 굉장히 작아 보인다."

유나는 딱히 내게 하는 말은 아닌 듯, 중얼거렸다. 아파트 15층에서 내려다보면 자동차도 장난감 같고 사람도 개미처럼 보이는 게 당연하지 뭐 신기한 일이라고 태초에 빛과 하늘과 땅과 기타 등등이 있으라 말씀하신 뒤 어어, 진짜 만들어졌네, 하며 낮은 세상 굽어보시는 하느님 같은 표정이람. 유나가 하염없이 창밖만 바라보고 있는 게 나는 좀 이상하기도 하고 섬뜩하기도 해서 외칠 수밖에 없었다. 야아, 라면이 붇고 있단 말이다. 나를 돌아보는 유나의 얼굴이 여느 때와 마찬가지로 얼빠진 표정이라 겨우 안심했다. 그런데 신신당부에도 불구하고 내가 또 푹 익혀 버린 면발을 먹으면서도 유나가 아무 말 없는 것이 어째 영 찜찜한 게 마치 유나 투랑 라면을 먹는 기분이었다. 에이, 설마. 어맛, 진짜?

진짜, 라고 유나가 말했다. 심지어 이틀 전에는 유나 투가 아니라 유나 스리, 유나 포까지 분리되는 바람에 모두 함께 윷놀이를 했다고 했다. 윷놀이는 설날에나 하는 거 아니냐고 내가 물으니 유나는 좀 생각해 보더니 다른 유나들은 잘 모르는 것 같더라고 말했다. 혹시 유나 파이브까지 분리되면 편을 어떻게 먹어야 할지 고민이라는 유나에게 다섯 중 하나는 심판을 봐야지 않겠냐고 말하자 유나는 역시 그 수밖에 없겠다고 한숨을 쉬었다. 설마 유나 파이브까지 생기겠냐고 내가 위로하자 유나는 그게 방심할 수 없는 게, 유나 투가 분리되고 나서는 스리, 포가 분리되는 건 순식간이었다고 했다. 분리되자고 마음먹으면 분리되는 거냐고 묻자 유나는 파워레인저나 독수리 오형제 같은 건 아니라고 시무룩하게 대답했다. 자신도 모르는 사이 분리되는 모양이었다. 우리 의지와 상관없이 일어나는 수많은 일들이 유나에게는 하나 더 늘어난 셈이었다.

오늘만 해도 우리 집으로 오는 길에 유나 스리가 다시 분리되더니 그대로 혼자 영화를 보러 갔다고 했다. 내가 영화는 나랑 보지 그랬냐고 했더니 유나는 공포 영화라 어쩔 수 없었다고 대답했다. 아하. 나는 공포 영화 같은 걸 왜 돈 내고 보는지 모르겠다고 유나에게 누누이 말해 왔다. 물론 내가 초딩도 아니고 무턱대고 공포 영화를 싫어, 싫어라 하는 건 아니다. 처음에는 멋모르고 봤고, 다음에는 두 번 속는 기분으로다가, 다음에는 그래도 혹시나 해서, 마지막에는 극복하겠다는 비장한 마음으로 나도 할 만큼 했다. 하지만 매번 내내 비명을 지른 탓에 목은 완전히 쉬어 버렸고 변기 속에서 화장지를 쥔 손이 튀어나올 것 같아 변비에 시달렸고 밤에는 침대 밑을 수십 번 확인하느라 잠까지 설치게 만드는, 그야말로 공포, 공포스러운 경험일 뿐이었다. 그러니까 공포 영화는 완전히 돈 낭비, 사서 고생에 사서 고문이다. 유나도 내 말에 동감, 완전 동감이라고 했다. 그러고 보니 뭔가 이상했다. 나처럼 공포 영화를 혐오하는 유나가, 아니 유나 스리가 혼자 공포 영화를 보러 가다니.

"그러니까 유나 스리는 너랑 완전히 다른 애야?"

유나가 개복치처럼 눈동자를 굴리다가(그런데 개복치가 눈동자를 굴릴 수 있나?) 대답했다.

"사실은…… 나 공포 영화 그렇게 싫은 건 아니야."

"그래? 아, 뭐 그렇다고 쳐도 설마 좋은 건 아니지?"

세상에. 설마가 사람 잡는다더니. 설마설마했는데 유나는 공포 영화를 좋아한다고, 완전 좋아한다고 고백했다. 하, 기가 막혀 죽을 지경이었다.

종종 그렇게, 유나는 분리됐다. 분리된 유나는 유나 대신 학원에 가고 바이올린을 켜고 또 다른 유나는 하루 종일 만화 가게에서 질리도록 만화를 보고 피시방에서 밤을 새우기도 하고 종종 공포 영화도 보러 가는 눈치였다. 놀이공원에 혼자 간 건 생각보다 별로였다고 했다. 그렇게 막 나가도 되는 거냐고 나는 속으로 생각했지만 어차피 그건 유나도 아닌 분리된 유나들의 일이라 내가 간섭할 바는 아니었다.

어느 날은 몹시 피로해 보이는 유나에게 무슨 일이냐고 물었더니 고속버스를 타고 강원도 어디에 있는 목장에 다녀왔단다. 이건 또 웬 소 풀 뜯어 먹는 소리인가 싶었는데 유나는 소가 아니라 양을 키우는 목장이었다고 했다. 유나의 양 풀 뜯어 먹는 소리를 잠자코 들어 주자 유나는 천 원 주고 산 먹이를 양들에게 주었던 이야기를 양 볼이 발그레해질 정도로 열심히 늘어놓았다. 양을 실물로 본 경험이 없어서 처음에는 좀 무서웠지만 분홍색 혀를 날름거리며 풀을 받아먹는 게 엄청 귀엽고 털이 북실북실하니 참 보기 좋더라고 했다.

"그런데 나오는 길에 보니까 목장 앞에서 양고기 꼬치를 팔고 있더라고."

"오호. 숯불에 구워서?"

"어어, 그렇지. 목장 안에서는 귀엽다고 먹이를 주던 사람들이 좋아라 사 먹더라."

"숯불에 구우면 좋아하지."

"인간은 잔인해."

유나는 저렇게 모두 사육당하다 한순간에 먹히는구나, 털이 북실북실했던 귀여운 것이 빨간 고기가 되었구나, 내가 먹이를 준 양도 저렇게 되는구나, 잔인해, 잔인해, 인간은 잔인하다는 생각에 조금은 슬프고 두려운 기분이 들었다고 했다.

"그런 식이면 아무것도 못 먹어. 닭도 가만 보면 상당히 귀엽다고."

"그래도 잔인한 건 잔인한 거야."

유나가 나를 빤히 쳐다보면서 잔인하다고 말하는 것이 꼭 나를 두고 하는 말 같아서 나는 약간 언짢았고, 아니, 실은 상당히 불쾌했다. 유나 역시 치킨이라면 환장하고 급식 반찬으로 나온 제육볶음은 두 번이나 갖다 먹으면서 나를 양 꼬치나 즐기는 잔인무도한 인간으로 보는 건 너무한 거 아닌가. 게다가 난 양고기는 입에 대 본 적도 없는데 이건 진짜 너무 억울하다고 생각하다가, 아아, 이 아이는 유나가 아닌 유나의 유나구나, 깨닫고 마음을 다독였다.

시도 때도 없이, 유나는 분리됐다. 조금 전까지는 분명 나랑 하하 호호 웃고 떠들었는데 갑자기 문제집에 코를 박고 열심인 유나를 보며 나는 아아, 분리됐구나 하고 알아차렸다. 하지만 그 순간 스르르 책상에 엎드리더니 이내 코 고는 소리까지 내는 유나를 보면 뭐야, 유나였나, 하고 어리둥절해지기도 했다. 카프카의 『변신』이란 책을 진지한 얼굴로 읽고 있을 때는 정말이지, 유나 파이브도 참, 이라고 생각했고 야간 보충학습 시간에 문득 어두운 창밖을 내다봤을 때 혼자 운동장을 돌고 있는 유나를 발견했을 때는 어이가 없어서 말문이 막혔다. 유나 식스는 질주 본능이 있는 편인가 봐? 하고 넌지시 물으면 유나는 무슨 말인지 모르겠다는 얼굴로 시치미를 뗐지만 나는 거친 숨소리를 감지할 수 있었다. 심지어 노래방이라면 질색하는 유나가 자기가 쏘겠다며 제

발로 노래방으로 걸어 들어가 최신곡을 부르며 댄스, 그것도 참으로 어설픈 댄스까지 출 때는 저 아이는 몇 번째 유나일까 생각해 보다 귀찮아서 말았다.

하지만 얼마 뒤 유나가 우리 학교 최고 얼짱인 지운이에게 고백했다는 소문을 들었을 때는 이건 문제도 보통 문제가 아니다 싶었다. 무채와 질소 같은 존재라도 생선회와 감자칩을 사랑할 수는 있다. 모름지기 답을 향해 나가기 위해서는 차근차근 공식을 밟아야 하는 법. 그런데 유나는 공식이니 법칙이니 하는 것을 완전히 무시해 버렸다. 아니, x와 y값이 뚝 떨어지는 방정식 대신 유나는 답이 수없이 많은 부정방정식을 풀고 있는 것 같았다. 유나는 무수히 많은 값을 마구잡이로 넣어 보고 있었다. 유나가 범한 오류 중 하나는 내게 한마디 상의도 안 했다는 거였다. 나는 왠지 모를 착잡하고도 분한 마음에 사건(이건 사건이 아니라 사고 아냐?)의 내막을 은근히 캐물었는데 유나는 개복치 같은 눈망울로 순순히 털어놓았다.

"뭐, 그냥……. '나랑 사귈래?' 그랬지."

유나의 말에 나는 놀라서 미친 듯이 뛰는 심장을 억누르며 간신히 말했다.

"어우, 야. 문자도 아니고 그렇게 대놓고 고백하는 건 예의가 아니지 않지 않아?"

유나는 선선히 동의하며 안 그래도 휴대폰 번호를 먼저 물어

보려고 했는데 귀찮은 생각이 들어서 고백해 버렸다는 것이다. 대답은 그 자리에서 바로 들었다며 유나는 두 손으로 엑스 자를 만들어 보였다.

"잘됐어. 아, 아니 내 말은……, 겉만 번지르르했지 별것도 아닌 녀석이잖아."

하지만 유나와 나는 같은 부류, 무엇보다 우리가 열광하는 것은 바로 그 번지르르함 아니던가. 풀 죽은 유나를 보니 동병상련의 정 같은 것이 내 마음속에서 울컥울컥 솟아올랐다.

"네가 아까워. 넌 뭐냐, 분리 같은 것도 되잖아."

분리 같은 것이 경쟁력이 될까 싶었지만 일단 위로하고 싶어 뭐든 말해 보았다.

"힘내."

"으응."

유나는 힘없는 소리로 대답했지만 어째 얼굴은 미소, 어쩌자고 미소를 짓고 있었다. 나는 이번에도 아니구나, 유나가 아니구나, 깨달았다. 아마도 『변신』을 읽던 유나 파이브(혹시 읽던 책이 『변심』이었나?), 아니 그렇게 막무가내인 걸 보면 질주 본능이 있는 유나 식스일 거라고 추측했다.

점점 더 빈번히, 더 많은 숫자로, 유나는 분리되었다. 그런데 이상하게도 유나가 많아지면 많아질수록 유나가 흐릿해졌다. 실제로 흐릿해졌다는 건 아니고 집에 돌아와 침대에 누워 유나의 얼굴을 떠올리려고 하면 이상하게 잘 그려지지 않았다. 아무리 무채 같고, 질소 같은 존재라도 그럴 수는 없었다. 유나와 나는 둘도 없는 친구 아닌가. 그런데 둘도 없는 친구 맞나 하는 의심이 들면서, 유나가 둘도 되고 셋도 되고 최근 들어서는 열일곱까지 되고 보니 둘도 없는 친구라는 건 이제 틀려 버렸구나 싶어 완전 뒤죽박죽인 심정이 되었다.

"문제라도 일으키면 어쩌냐?"

대량생산에는 어쩔 수 없는 부작용이라는 것도 뒤따르게 마련이니까. 나는 우려한 나머지 조심스레 물었고 유나는 개복치처럼 눈동자를 굴리다가(개복치가 눈알을 굴릴 수 있는지 아직도 조사해 보지 않았다!) 유나들이 자잘한 실수는 해도 큰 사고나 문제는 일으키지 않을 거라고 말했다.

"뭐, 그럴 수도 있지. 하지만 어떻게 알아?"

"자기가 자기 자신을 모르면 누가 알아?"

유나는 이번에는 개복치처럼 눈동자를 굴리지도 않고 대답했다. 나는 적잖이 놀랐다. 유나가 이렇게 야무진 애였다니. 아무래도 유나가 아니라는 생각이 들었다. 그렇다. 유나 포, 아니면 유나 파이브에게 나는 말을 했던 모양이었다.

그날 이후부터인가, 아니면 그 이전부터였을까. 유나와 나는 왠지 서먹해졌지만 유나가 그런 상황이고 보면 그도 그럴 법했다. 유나가 내 옆자리에 그전처럼 자주 와 앉지 않아도, 저만치 떨어진 곳에서 다른 애들과 어울려 크게 웃는 유나의 웃음소리가 들려와도 나는 별로 신경 쓰지 않았다. 신경 쓸 게 뭐 있겠는가. 어차피 그건 유나 일레븐이나 유나 트웰브일 뿐인데. 게다가 그것이 유나의 분리된 유나라는 걸 아는 건 나 하나, 세상에 나 하나뿐이었으므로 때론 나는 으쓱해지곤 했다. 자신의 비밀을 알고 있는 사람과는 친구 아니면 적이 될 수밖에 없는데, 유나와 내가 적이 될 이유는 도무지 없으니 유나와 나는 하늘이 두 쪽 나더라도 친구, 친구인 게 분명했다. 단지 마음속으로 휑하니 바람이 불어 드는 것 같고 밥 먹고 돌아서기 무섭게 배가 고파지곤 해서 나는 그 이유를 곰곰이 생각해 보다 아아, 가을이 머지않았음을 알았다. 여름 한낮의 햇살 속에서도 나는 가을의 기척을 분명 느낄 수 있었다.

그러던 어느 날 유나가 밤늦게 전화를 걸어왔다. 지금 우리 집 앞에 와 있다고 말하는 유나의 목소리는 어째 다급하게 들리는 데다 우리 집에 찾아온 건 제법 오랜만이고(무려 3주 하고 5일 만이었다.) 게다가 이런 늦은 시간에 온 건 처음이라 나는 운동화를 대충 꿰신고 우다다다 뛰어나갔다.

"유나 투가 없어졌어."

"아아, 어쩌다가!"

나는 일 났구나, 하는 뜻으로 말했는데 유나는 유나 투가 사라진 이유를 묻는 것으로 알아들었는지, 학원에 대신 보내고 일요일에 바이올린 레슨을 몇 번 받게 한 게 원인 같다고 자백하듯 주억거렸다. 유나의 말에 나는 이건 틀렸구나, 유나 투가 돌아올 리 없겠구나 싶었다. 유나 투 아니라 유나 일레븐이라도 학원 수업이나 과외 같은 걸 줄곧 대신 받아야 한다면 도망가고 싶지 않겠느냐 말이다.

그러게 내가 대량생산의 부작용에 대해 경고하지 않았냐고 하자 유나는 울먹이기 시작했다. 그런 유나를 보니 자기가 자기를 제일 잘 안다고 자신만만하더니 이게 뭐냐고 하려던 말은 쏙 들어갔다. 대신 나는 유나의 손을 잡고 찾을 수 있을 거라고 달래며 애써 침착한 목소리로 실종 당시 유나 투의 인상착의와 특이 사항, 사건 정황을 하나하나 묻다가 젠장, 엄청 쓸데없는 걸 물어보고 있다는 걸 깨달았다. 유나 투는 어차피 분리됐다 합쳐지는 존재, 그러니까 수시로 생겼다 없어지는 게 자연스러운 일 아니냐고 했더니 유나는 그렇긴 하지만 유나 투가 나타나지 않은 지 일주일이 넘었다고 비통한 목소리로 말했다.

"그런데 없어진 게 유나 투 맞아? 유나 스리나 포는 아니고? 어차피 다 똑같잖아."

"똑같다고? 무슨 소리야? 유나 투는 유나 투지, 유나 스리랑 포하고는 전혀 달라."

야무지게 말하는 유나를 보고 아, 이게 또 유나가 아닌가, 하다가 개복치처럼 순진무구한 눈망울을 보니 의심하는 내가 도리어 부끄러워지고 말았다.

"그럼 유나 투는 어떤데? 유나 투는 어떤 애야?"

"그러니까 말이지……. 우선 잠이 많고, 휴대폰 게임을 좋아하고……."

'애타게 찾던 파랑새는 옆집에 있다'거나 '범인은 사건 현장에 다시 온다'는 말을 떠올리며, 우선 유나네 집 주변을 찾아보기로 하고 유나와 나는 나란히 자박자박 발을 맞추며 걸었다. 오랜만에 함께 걸으니 어쩐지 신선하기도 하고 놀러라도 가는 듯 기분이 살랑살랑하기도 했지만 유나는 어두운 표정으로 유나 투에 대한 정보를 들려주는 데 여념이 없었다. 자기 전에 과자 먹는 걸 좋아하지만 양치질은 건너뛰기 일쑤라 충치가 많고, 운동신경과 체력은 바닥이고, 끈기가 모자라며 식탐과 방귀 냄새가 좀 있는 편이고('좀'이 아니고 '많이'라고 고쳐 주고 싶었다.) 책임감이 있다기보다는 싫다는 소리를 잘 못 하고(그러니까 학원 출석이나 바이올린 레슨을 맡긴 거겠지.) 낯을 가리기는 하지만 일단 친해지면 말도 못하게 수다스러워지고 엄청 크게 웃는다 등등. 그런 특징들은 나도 너무 잘 알고 있는 거라 이건 유나 투가 아니라 유나에 관한 이야기가 아닌가 하는데 뒷담화도 좀 하는 편이라는 유나의 말이 유독 내 귀에 꽂혔다.

"혹시 내 뒷담화도 했어?"

"에이, 네 뒷담화 할 게 뭐가 있어. 넌 좀 남을 무시하고 쌀쌀맞은 구석이 있지만 근본이 나쁜 애는 아니고 다만 수줍고 자기표현에 서툰 것뿐이라고 했지. 남을 무시할 만한 주제도 못 되는데 아유, 무슨 무시야."

"야!"

"유나 투가 그랬다고."

부아가 났지만 유나 투가 그랬다니 유나에게 따지기는 아무래도 애매해서 유나 투 잡히기만 해 봐라, 본때를 보여 주마, 하다가 문득 좋은 생각이 떠올랐다.

"구태여 유나 투를 찾을 필요가 있을까?"

"그게 무슨 소리야?"

유나가 놀란 개복치처럼 눈이 동그래져서 물었다(개복치는 놀라면 몸을 부풀린다고 하는 모양이었지만).

"잘 생각해 봐. 이성적으로 판단해 보면 유나 투는 없는 게 나아."

"어째서?"

"게으름, 게임 중독, 충치, 또 뭐냐, 저질 체력, 식탐, 방귀, 낯가림, 수다, 우유부단, 뒷담화, 크게 웃는 건 그렇다 치고, 종합적으로 보자면 그런 건 없는 게 낫잖아. 혹시 학원과 바이올린 레슨 때문이라면 네게는 유나 스리, 포, 파이브……, 아무튼 얼마든지 있잖아. 걔네들에게 맡기라고."

"그래도……."

유나가 머뭇거리다 말했다.

"널 제일 좋아했어. 라면도 꼭 푹 퍼지게 끓이는 게 딱 자기 취향이라고."

이게 무슨 소린가.

"그럼 우리 집에 놀러 왔던 게 유나 투니?"

"……늘 그런 건 아니야. 종종, 아니, 좀 자주 그러긴 했지."

하. 입이 떡 벌어졌다. 내가 이제까지 껍데기랑 노닥거리고 있었단 말인가.

"날 제일 좋아했다고? 유나 투가?"

"너 코 파는 것도 귀엽대. 코딱지를 아무 데나 튕기는 건 좀 그렇지만."

"아, 내가 언제?"

"유나 투가 그랬다니까."

아휴, 또 유나 투라니 유나한테 더 따져 물을 수도 없고.

"그리고…… 접때 지운이한테 고백했을 때 너 엄청 뭐라고 했잖아? 좀 심하다 싶어서 곰곰이 이유를 생각해 보니 아무래도 네가 지운이를 좋아했던 것 같다더라. 근데 그때는 몰랐대. 알았으면 고백 같은 거 안 했대."

"야, 무슨 그런! 내가 누굴 좋아했다고. 오해야, 오해……. 어어, 그럼 그때 고백한 게 유나 투란 말이야?"

유나는 대답 대신 알쏭달쏭한 미소만 지었다.

"그런데도 유나 투가 나를 좋아했다고?"

"으응."

"코딱지 파서 아무 데나 튕겨도 좋단 말이지?"

"그렇다니까."

젠장. 그렇게 야무지게 말하면 아무래도 믿을 수밖에 없다니까. 나는 잠시 유나를, 나를 빤히 바라보고 있는 유나의 눈을 들여다보다 말했다.

"그럼, 찾아야지."

찾아야지, 찾아야지, 날 제일 좋아하는 유나 투를 찾아야지, 하며 유나와 나는 다시 자박자박 발을 맞추며 걸었다. 유나네 집 주변을 마저 돌고, 편의점과 피시방을 들렀다가, 가로등이 꺼진 후미진 골목을 지날 때는 서로의 손을 꽉 잡고, 이곳저곳 헤매는 동안 나는 문득 무채와 질소를 떠올렸다. 꼭 필요한 건 아니지만 없으면 서운한 그 미묘한 존재들. 하지만 그들은 회를 위한 무채, 과자를 위한 질소 아닌, 어디까지나 무채의 무채, 질소의 질소인 게 아닐까. 그래서 충치, 게으름, 우유부단, 낯가림도, 아무리 모자라고 부끄러워서 없애고 싶은 부분이라도 그것은 유나의 부분, 유나의 유나라서 우리는 지금 이렇게 찾는 중일 것이다. 우리에게 미지수 x의 값은 하나도 둘도 아닌, 아직은 정할 수 없는 미정, 미정 방정식이다.

"그런데 너, 유나 맞니?"

유나는 빙그레 웃기만 했는데 그것이 살짝 찝찝했지만 아무래도 상관없다고 생각하며 나는 유나의 손을 잡고 걸었다. 어디까지 가야 할지 몰랐지만 유나와 나는 함께이므로, 어둑하지만 군데군데 가로등이 빛나 그것이 꼭 우릴 향해 빛나는 달과 별 같기도 한, 그 희미한 길을 따라 계속 걸었다. 유나의 유나를 찾아, 나와 유나는 간혹 헤매기도 하며 어둠 속을 함께 차박차박 나아갔다.

그 후 유나는 변함없이 일요일 오후 애매한 시간에 찾아왔고 나는 덜 익거나 퍼진 라면을 대접했고 유나는 너무 꼬들하다거나 너무 익었다며 잔소리를 하면서도 그릇을 말끔히 비웠다. 내가 질소는 지구 대기의 78퍼센트를 차지하는, 지구 생명체의 구성 원소라고, 그러니까 나와 너, 우리 모두는 질소로부터 생겨났다는 걸 아느냐고 묻자 유나는 개복치처럼 어리둥절한 표정을 지으며 그게 무슨 소리냐고 되물었다. 나는 세상이 아득히 작아 보일 때 시작된 이야기라고 말해 주었다. 요즘은 나도 가끔 분리되는 것 같다는 말은 해 줄까 말까 망설이며 나는 유나, 혹은 유나의 유나일지도 모를 유나를 향해 웃어 보였다.

전삼혜 … 세컨드 칠드런

절에 오는 건 처음이었다. 학생, 연등 공양하고 가세요. 펑퍼짐한 생활 한복을 입은 아주머니가 나를 불렀다. 반가운 손님을 붙드는 것처럼 부르는 그 말에 나는 꼬깃꼬깃 접은 3만 원을 내밀었다. 무슨 연등 할래요? 소원등? 무슨 색으로 줄까? 해가 지는 봄날의 절 앞마당에는 차례차례 색색의 등이 켜지고 있었다. 일주문 앞에 늘어선 지등은 종이 너머로 새어 나오는 다정한 불빛을 밝히고 있었고 절 어디선가 향냄새가 아득하게 풍겨 왔다. 환일은 이미 연등들이 가득한 탑 아래에 서 있었다. 나를 보지도 않고 하늘을 보지도 않고 탑 꼭대기를 보고 있었다. 아주머니가 학생, 하고 다시 불렀다. 환일을 보다가 나는 고개를 돌렸다.

"흰색 연등으로 주세요."

"그건 소원 연등이 아닌데."

붉고 푸르고 노란 색색의 연등. 혹은 꽃 모양의 연등. 고운 연등 쪽으로 손짓하는 아주머니에게 나는 애써 웃으며 고개를 저었다.

"흰색 연등으로 달 거예요."

흰색 연등은 극락왕생을 비는 등. 꽃처럼 핀 수많은 등 중에서도 저 구석, 목탁 소리와 향냄새가 가장 짙게 피어오르는 곳에 걸리는 등. 아주머니는 잠시 나를 보더니 그래요, 하며 흰 연등과 이름표를 건네주었다. 무어라 써야 할지 몰라서 머뭇거리자 아주머니는 나에게 죽은 사람의 생년월일을 쓰라고 했다. 저기, 1997년이 무슨 해죠? 내 말에 아주머니는 잠시 고민을 하더니 정축년이라고 대답했다. 정축년생 이지민. 그렇게 쓰고 흰 연등을 다시 아주머니에게 건넸다.

"어디다 달아야 할지 잘 모르겠어요."

아주머니는 짧디짧은 생을 담은 이름표를 보다가 내게 말했다.

"극락왕생할 거예요."

나는 고개를 끄덕였다.

그래야지요.

극락왕생할 거예요, 우리 언니는.

아주머니는 좋은 자리에 연등을 달아 주겠다고 약속하고 총총히 걸음을 옮겼다. 나는 환일을 찾아가 어깨를 두드렸다. 환일이 보는 자리에는 백색 촛불들이 타들어 가고 있었다.

"누나는 연등 올렸어요?"

"응."

"나도 하나 하려다가, 연등은 좀 비싸서요."

"저쪽 매점에서 초도 팔더라."

"그거로 할까."

절 앞마당을 가득 메운 색색의 연등은 가족건강, 학업성취, 사업번창 같은 소망들을 압축해 품고 있었다. 환일은 발끝으로 땅바닥을 긁더니 작게 말했다.

"형은 초도 좋아할 거예요. 물 안은 춥잖아."

우리가 잃은 사람은 너무 많았다. 우리가 잃은 우주도 너무 많았다. 셀 수 없는 우주가 우리 곁을 떠난 지 꼬박 1년이 되고도 며칠이 더 흘렀다.

우리는 그 우주 중 어딘가에, 우리가 사랑하고 사랑했던 사람들이 있기를 기원하며 오래도록 하늘을 올려다보았다. 등 사이로 보이는 하늘은 푸르고 어두웠다. 얇게 바른 종이 안에 전구를 품은 등들은 각자의 세계를 침범하지 않으려는 듯 좁은 공간에 촘촘히 걸려서도 색이 섞이지 않았다. 예쁘다. 나는 소리 내어 중얼거리고 주변을 둘러보았다. 소원을 비는 사람. 탑돌이를 하는 사람. 무언가 빌까 하다가 환일에게 물었다.

"준계네 아저씨는 오늘 온다고 안 하셨어?"

환일이 어깨를 으쓱했다.

"오신다고는 했는데, 오늘이 외국인 관광 대목인 날이라 관광버스 끌고 올지도 모른다고 하시던데요. 뵐 수 있으려나 모르겠어요."

"아저씨도 연등 하나 달면 좋겠다."

나는 쌍둥이 언니를 잃었고, 환일은 형을 잃었다. 같은 사고였다. 수학여행을 갔다가 사고가 났고, 사고를 수습하는 데는 긴 시간이 걸렸다. 어쩌면 지금도 수습 중인가. 한 사람씩 한 사람씩 발견되는 시신들을 모아 치르던 합동 장례식 날 나는 환일을 처음 보았다. 만났다기보단 보았다고 하는 게 적절할 것이다. 내가 졸업한 중학교의 교복을 입고 있어서 눈에 띄었다. 슬픔이 공기보다 짙어서 들이쉬기만 해도 눈물이 터져 나오는 날이었다. 수많은 사람들의 영정 앞에 수많은 사람들이 쓰러져 울었다.

나와 언니는 일란성쌍둥이였다. 언니의 영정과 내 얼굴을 번갈아 보며 깜짝 놀라는 사람들이 있었고 나에게 지민아, 라고 언니의 이름을 부르며 다가오는 사람도 있었다. 한참 울고 난 다음도 아니었는데 나는 눈물이 나오지 않았다. 사방에서 풍기는 소독약 냄새와 향냄새가 밴 몸을 밖에서 털고 있는데 그 남자애가 걸어 나왔다.

남자애는 휴대폰을 한참 들여다보았다. 어머니인 듯한 누군가가 환일아 하고 부르며 데리러 나오기 전까지 남자애는 휴대폰만 보고 있었다. 손가락 하나 대지 않고. 밝았던 휴대폰 화면이 어두워져도. 묵묵히.

어머니의 손을 잡고 돌아가는 남자애의 목 뒤, 긴 흉터가 기억에 남았다.

몇 주가 지나 길을 걷고 있을 때였다. 앞에 걷는 남자애의 목에 긴 흉터가 보였다. 나는 무심결에 손을 뻗어 저기, 라고 불렀다.

남자애가 뒤를 돌아보았다.

"누구세요?"

"아, 저기. 나는……."

불러 놓고도 나는 오히려 당황스러웠다. 나를 뭐라고 소개해야 하지? 나보다 키가 조금 작은 남자애는 나를 빤히 쳐다보다가 내 머리에 달린 흰 리본 핀을 보았다.

"혹시 상 중이에요?"

나는 고개를 끄덕였다. 꽤 어른스러운 말을 하는구나. 남자애는 눈동자를 이리저리 굴리다가 작게 말했다. 그렇구나. 뭐가 그렇다는 건지는 잘 알 수 없었지만, 나도 고개를 끄덕였다. 남자애의 주머니에서 진동 소리가 났다. 남자애는 전화를 받아 네, 네 몇 마디 하더니 전화를 끊고 나를 빤히 올려다보았다.

"나 지금 센터 가는데, 같이 갈래요?"

상가 2층에 아무렇지 않게, 간판도 무엇도 없이 평범하게 박혀 있는 작은 사무실에 남자애를 따라 들어갔다. 병원도 아니고 회사도 아니고 그렇다고 집도 아닌 애매한 분위기. 바닥에는 낮은 소파가 있었고 몇 명이 둘러앉아 차를 마시며 뜨개질을 하고 있었다. 이른 오후의 햇볕이 건조하게 창 안으로 스며들었다. 남자애는 익숙한 듯 부엌으로 가서 차가운 물을 떠 오더니 뜨개질을 하는 사람들 사이에 앉아 인사를 나누었다.

"저 왔어요."

"늦어서 전화했어. 요샌 어떻게 지내?"

사람들과 인사를 주고받던 남자애가 일어서서 내 옷소매를 잡아당겼다. 사람들의 눈이 자연스럽게 내 얼굴에서 머리 한쪽의 흰 리본으로 옮겨 갔다. 나는 그 사람들 가슴이나 머리에 달린 하얗고 노란 핀을 보았다. 한 아주머니가 먼저 입을 열었다.

"우리 딸 친구랑 똑같이 생겼네."

나는 남자애가 건네준 컵을 받아 들었다. 내 입에서 반사적으로 어떤 말이 튀어 나갔다. 누군가 나를 보고 언니와 닮았다 할 때마다 하던 말.

"지민 언니 얘기하시는 거죠? 저는 쌍둥이 동생이에요."

"그러네. 정말 똑같이 생겼다."

아주머니는 자리를 하나 내주며 앉으라는 듯 바닥을 툭툭 쳤다.

"지민이 친구 혜주 엄마야."

"아, 서혜주. 걔 알아요. 앵그리버드."

아주머니가 웃는 듯 묘한 표정을 지었다. 웃음이 목구멍에 걸려 나오지 않는 듯한 표정. 거울 안에서 내가 자주 보는 표정. 그리고 언니를 잃은 후, 엄마가 자주 짓는 표정.

"앵그리버드. 눈썹 진하다고 별명이 그거였다며? 나는 그걸……."

아주머니의 목울대가 한 번 움직였다.

"애 가고 나서 알았지."

잃은 사람들의 모임.

내가 환일을 만난 곳. 그리고 준계네 아저씨를 만난 곳이다. 우리는 그곳을 '유가족 심리치유센터'라는 긴 이름 대신 '센터'라고만 불렀다. 센터 사무장님은 원하면 심리 치료를 받아도 되고, 아니면 그냥 들러도 된다며 나에게 '편하게 지내라'고 했다. 솔직히 처음에는 불편했다. 이곳에서는 나를 보고 내 언니, 이지민을 떠올리는 사람이 너무 많았다. 내 존재가 이 사람들에게 오히려 슬픔을 깨우는 스위치가 되지나 않을까 걱정스럽기도 했고 내 자신이 슬픔에 잠기기도 했다. 하지만 한구석에서 말없이 게임을 하거나 숙제를 하는 환일을 보면 안심이 되었다. 나는 종종 이곳에 와서 아무것도 하지 않고 그냥 존재했다.

집보다는 이곳이 훨씬 나았다.

적어도 친척들이 갑자기 방문해서 언니 사진을 보며 혀를 차지 않았다. 씩씩한 척 아무렇지 않은 척 밖에서 일하다가 집에 오는 순간 무너지는 엄마가 없었다. 자다가 비명을 지르는 아빠가 없었다. 여기서는 그 누구도 나에게 '언니 몫까지 하라'는 말을 하지 않았다.

사고로 죽은 것은 내가 아니라 언니였다. 하지만 그날 이후로, 나는 나일 수 없었다.

"나도 그래요."

환일에게 내 마음을 털어놓자, 환일이 대답했다. 좋아하는 오렌지 주스를 컵에 담아 홀짝거리며 환일이 말했다.

"형이 죽은 다음에 우리 집은 좀 이상해요. 안 이상해도 이상하긴 한데, 하루는 놀이동산 같았다가 하루는 장례식장 같았다가 막 그래요. 누나네 집처럼 친척들도 막 찾아오고. 제일 이상하고 맘에 안 드는 건……."

환일이 오렌지 주스를 한 모금 더 마시고 말했다.

"나는 형보다 어리니까, 아무 슬픔도 모를 거라고 생각하고 막 말하는 거예요. 장례식 때 안 운 게 그렇게 혼날 일인가요. 나는 형이 없다는 게 지금도 실감이 안 나는데, 어떻게 울어요? 사람이 안 울 수도 있지."

환일이 씁쓸하게 웃자 어디선가 시큼한 소독약 냄새가 나는 것 같았다.

환일은 형의 마지막 모습을 볼 수 없었다고 말했다. 나는 나도 그렇다고 말했다. 부모님 말로는 형 얼굴이 너무 많이 상해서 나한테는 보여 줄 수 없었대요. 환일의 말에 나는 또 나도 그렇다고 말했다.

언니는 실종자들 중에 비교적 빨리 찾을 수 있었다. 언니와 거의 똑같은 내 신체 치수를 자세하게 기입할 수 있어서였다. 언니는 빌려 간 내 바람막이를 입고 있었다. 하루에도 수십 번 고함과 울음과 한숨이 오가던 체육관에서 나는 내가 아니라 언니를 찾기 위한 표본이 된 것 같았다.

센터에 있는 사람들은 '남겨진 사람들'이었다. 준계네 아저씨는 2년 전에 수련회에서 난 사고 때문에 준계를 잃었다고 했다. 관광버스 운전사라서 애들이 수련회에 가고 오는 걸 수백 번은 봤는데, 우리 애가 수련회 간다고 탄 버스가 다시 못 올 줄은 몰랐다며 껄껄 웃었다. 센터에서는 우는 사람도 있었지만 운다는 게 특별한 이벤트는 아니었다. 혜주 엄마의 말을 따르자면 우리는 이미 울 만큼 울었거나, 아직 울 준비가 안 된 것이니 웃건 가만히 있건 맘대로 해도 된다고 했다. 참 아이러니하기도 하지.

그래도 나는 센터가 좋았다. 센터에서 엄마들은, 환일이는, 준계네 아저씨는 이미 사라진 가족들에 대해서 '좋은 말'만 하지 않았다. 내가 장례식 내내 듣고 또 들었던 착한 언니, 똑부러진 언니, 꿈이 많고 활발했던 언니가 아닌 내가 기억하는 언니를 털어놓을 수 있었다.

준계네 아저씨는 꼬깃꼬깃한 담뱃갑을 늘 가지고 다녔다. 오래된 담뱃갑 안에는 담배가 반나마 남아 있었다. 어느 날 아저씨는 그 담뱃갑을 불쑥 나에게 내밀며 말했다. 학생, 한 대 피울래? 나는 당황해서 고개를 저었다. 그랬더니 아저씨가 껄껄 웃었다. 피우지 마. 맛없어. 환일이 한숨을 푹 쉬며 거들었다. 아저씨, 미성

년자고 자시고 간에 2년 된 담배를 사람한테 권하는 건 잘못된 행동이에요. 아저씨는 환일에게 헤드록을 걸었다. 하여튼 요놈은 입만 애늙은이여, 쪼그만 게. 환일이 성질을 부리며 팔을 털어 냈다. 아, 진짜. 클 거라고요.

준계네 아저씨가 늘 가지고 다니는 담뱃갑은, 살아 있었다면 이제 고3이 될 준계의 유품이었다. 고등학생이 남긴 유품이 담배라니 좀 이상하지? 아저씨는 그렇게 말문을 열면서 뒷머리를 벅벅 긁었다. 준계 그놈이 좀 양아치였어. 근데 수련회에 담배 가져가서 걸리면 뭐 된다고, 그날은 담뱃갑을 책상 위에 놓고 가더라고. 중학교 때부터 피워 대더니 이놈이 이제 아빠한테 숨길 생각도 안 하고. 근데 못 돌아왔더라고.

나는 무슨 말을 해야 할지 몰라서 눈만 껌벅였다. 위로를 해야 하나? 내 눈치를 본 환일이 귓가에 속삭였다. 불효자식이라고 하면 돼요.

준계네 아저씨가 어깨를 축 늘어뜨렸다.

"알어. 나도 만나는 사람마다 담뱃갑 들이대고 아들 욕하는 게 이상한 거 알어. 근데 자꾸 하게 되더라고. 안 그러면 잊어먹을 거 같아서."

나는 어떻게든 욕이 아닌 위로를 해 보려고 하다가 간신히 내뱉었다.

"내년에 담뱃값 오른다던데, 이제 안 피우니 다행일지도요."

준계네 아저씨는 그날 아줌마들이 시끄럽다고 할 정도로 크게 웃었다.

나는 위로에 소질이 있는 사람은 아니었다. 그렇다고 위로를 받는 데 소질이 있는 편도 아니었다. 사람이 살면서 열여덟에 자매를 잃는다는 건 흔한 일일까. 우리 동네에선 흔한 일이 되었지만. 하여간 사람들이 나에게 지민 언니가 참 착했다고, 참 좋은 친구였다고, 다정한 선배고 후배였다고 위로를 건넬 때 나는 뭐라 대답할 수 없어 당황스러웠다. 내가 아는 언니는 딱히 착하지도 다정하지도 않았다. 그렇다고 딱히 나쁜 언니도 아니었지만.

내가 그런 이야기를 한 날은 사고가 일어난 지 반년이 넘게 지나서였다. 그동안 센터에는 많은 사람들이 오고 갔다. 나는 무심하게 우리 언니는 딱히 착하지 않았다는 말을 꺼냈고 환일은 자기네 형도 그렇다고 대답했다. 바닥에는 환일이 풀다 만 영어 숙제가 널려 있었다. 환일은 내게 목 뒤의 흉터를 가리키며 말했다.

"아무도 모르는 비밀인데요, 이거 사실 형 때문에 생긴 거예요. 내가 초등학교 6학년 때 형이 자전거 뒤에 날 태우고 한밤중에 둑방길 달리다가 굴러떨어졌거든요? 근데 피가 막 철철 나니까 형이 날 붙잡고 완전 싹싹 빌었어요. 엄마가 알면 자긴 죽는다고, 한 달 동안 내 부탁 다 들어줄 테니까 나 혼자 굴러떨어진 거라고 해 달래요. 참 내. 그 부탁을 다 들어주고 나도 참 정신이 나갔었지."

"너 말투 완전 애늙은이인 거 알아?"

"아, 형이 사고뭉치인데 어떻게 해요. 그런 형이랑 살아 봐요."

내가 웃으며 물었다.

"그래서 한 달 동안 부탁 다 들어줬어?"

"스팀에서 게임 10만 원어치 사 달랬더니, 돈 없다고 3만 원어치 사 주고 땡 쳤어요."

"많이도 뜯어냈다, 야."

환일은 입맛을 쩝 다시며 바닥에 드러누웠다.

"그런데 다들 나보고 형처럼 되라고 해서 고민이 많아요. 누나네 누나는 어땠는데요?"

누나네 누나. 나에게 언니니까 환일에게는 그런 이상한 명칭으로 불리는구나. 나는 언니를 어떻게 설명해야 할까 곰곰 고민하다가 언니가 제일 질색팔색을 하던 단어를 꺼냈다.

"안여멸 오타쿠."

"응?"

"안경 쓴 여드름투성이에다 멸치같이 빼짝 마른 오타쿠. 근데 사실 피부는 괜찮았어. 내가 쓰는 화장품은 다 가져다가 썼거든."

"어, 음, 그."

환일도 내 입에서 제법 파격적인 설명이 나오자 당황했는지 뒷목을 벅벅 긁었다.

"누나네 누나도 되게 이상하네요."

그랬지.

좋은 언니도 나쁜 언니도 아니고 이상한 언니였다. 이지현에게 이지민은 그런 언니였다. 30분 일찍 태어나서 나보고 네 살 때부터 언니라고 부르라고 강요한 끝에 결국은 언니라는 칭호를 얻어낸 사람. 어디서 이상한 애니메이션은 잔뜩 주워 오고 이상한 만화책은 다 갖고 와서 나한테 같이 보기를 강요하던 사람. 어떤 캐릭터가 좋냐고 나에게 물어봐 놓고 내가 자기랑 다른 캐릭터를 좋아하면 "헐, 니 취향은 왜 그러냐?"며 정색하던 사람.

친척들은 언니가 꿈이 많은 사람이었다고 했다. 장례식장에서, 우리 집에서 친척들은 환하게 웃는 사진을 보면서 언니는 변호사, 선생님, 작가, 배우, 의사 등 다양한 꿈을 꾸는 사람이었다고 말했다. 나도 그런 사람이 되어야 한다고.

"친척들은 진짜 아무것도 모른다니까."

내가 중얼거리자 환일이 누운 채 눈동자를 이리저리 굴렸다.

"뭘요?"

"우리 언니가 얼마나 이상한지."

언니하고 마지막으로 같이 본 애니메이션이 뭐였더라. 나는 기억을 더듬었다. 〈에반게리온〉이었다. 웬 디브이디를 열몇 장이나 갖고 왔나 했더니 밤마다 이걸 한 편씩 봐야 한다며 내 방 컴퓨터를 점령하고 나를 붙들어 앉혔다. 자기 컴퓨터는 노트북이고 내 컴퓨터는 데스크탑이니까 내 걸로 봐야 한다고. 야자가 끝나고 집에 오면 가방을 벗어 던지자마자 내 방으로 와서 매번 사도가 나타나고 에반게리온이 출격해서 박살 내는 그 애니메이션을, 거의 한 달을 봤다.

솔직히 내 취향은 아니었다. 차라리 저번처럼 좀 평범한 걸 보자고, 〈아즈망가 대왕〉이나 〈허니와 클로버〉 같은 건 나도 즐겁게 볼 수 있는데 왜 이렇게 도시와 사람 마음을 박살 내는 애니를 갖고 왔냐고, 궁시렁거려도 언니는 사람은 한 우물을 파야 한다며 한 번 시작한 건 끝까지 봐야 한다는 입장을 굽히지 않았다. 저기, 언니, 사람이 한 우물을 파야 한다는 말처럼 언니한테 안 어울리는 말도 없을 거다.

아무튼 〈에반게리온〉은 정말 이상한 애니였다. 명색이 주인공이면서 '퍼스트'가 아니고 '서드'인 것도 이상하고, 왜 퍼스트라는 여자애는 자기가 세 번째라고 하는지 모르겠고, 피프스라는 남자애는 우리 편인가 저쪽 편인가 싶었다. 제발 좀 정상적인 걸 보자고 하자 언니는 진지하게 내 손을 잡고 말했다.

"야. 사람이 고전을 파야 돼. 그래야 실력이 늘어. 고전이 기본이라고."

"그럴 거면 1960년대쯤 되는 걸 가져오든가. 그냥 언니가 보고 싶을 뿐이잖아."

칫, 소리를 내며 언니는 침대에서 구르듯 내려갔다. 그러곤 자기 책상에 자리가 없다며 내 방에 가져다 놓은 피규어 몇 개를 줄 맞춰 놓았다. 언니가 처음 피규어들을 주르륵 내 앞에 쏟아 놓던 날, 나는 기가 막혔다. 한 달 용돈이 나랑 똑같으면서 이걸 언제 다 샀니? 그래도 선택권을 주겠다며 원하는 걸 가져가라는 말에, 나는 수영복 차림이라 망측해 보이는 것, 옷자락이 나풀나풀해 먼지가 쌓이기 쉬운 것, 괴상하게 생긴 것들을 다 밀어 놓고 보라색과 녹색으로 칠해진 로봇을 집었다. 언니는 '그건 안 돼.'라며 빨간색 로봇을 내 앞으로 밀어 놓았다. 나는 빨간 로봇과 아이언맨, 초록 머리를 양갈래로 묶은 여자애, 카드캡터 체리 등 대여섯 개를 책상 구석에 줄 세우다 한숨을 푹 쉬었다. 무슨 취향이 이렇게 중구난방이니?

그래. 그건 모두 한 번쯤 언니가 '되고 싶다'고 했던 꿈의 목록이었지. 퍼스트 칠드런이 되고 싶다는 얼토당토않은 말처럼. 언니는 많은 게 되고 싶었어.

되고 싶었지, 과거형으로 말하다가 나는 입술을 꽉 깨물었다.

그래. 언니가 꿈이 많은 건 사실이었다. 다만 친척들이 아는 멀쩡한 꿈은 극소수에 불과했고, 나머지는 정말 백만 번 다시 태어나도 이룰 수 없는 황당무계한 꿈이었다. 환일의 흉터가 '형과 환일만 아는 비밀'이다가 '환일만 아는 비밀'이 되었듯이, 이것도 이제는 나만 아는 비밀이 되어 버렸지만.

언젠가 언니가 꿈을 적어 보자고 했다. 나는 딱히 되고 싶은 게 없었다. 공부는 잘하니 공무원 시험을 볼까. 그렇게 말했더니 꿈을 크게 가지라며 '대통령'을 적으라고 했다.

"대통령이 공무원 시험으로 뽑는 자리냐? 니 뇌는 일반 상식이 없어?"

"됐고, 내 꿈이나 좀 봐 줘라. 여기서 어떤 게 제일 나은지."

언니가 쭈욱 적어 놓은 꿈은 그야말로 전 세계와 우주와 가상현실을 넘나들었다.

"저기, 언니. 일단 오른손 왼손도 헷갈리는 사람이 카레이서가 되면 안 될 것 같아."

"좌회전하라는데 우회전할까 봐?"

"아니, 엑셀하고 브레이크 헷갈릴까 봐."

내 충고를 받아들였는지 언니는 잠자코 '카레이서'에 취소 선을 쭉 그었다. 나는 되도록 차근차근 말하려고 애쓰면서 언니가 나열한 꿈의 불가능성을 짚어 주었다. 변호사가 되려면 매일 아침 무단 횡단 하는 버릇부터 고치자. 꽃가루 알레르기가 있으면 플로리스트는 힘들지 않을까? 야 이 인간아, 사람이 양심이 있어야지 그 얼굴로 아이돌을 꿈꾸냐. 어쨌거나 하나하나 지우다 보니 남은 것은 의사, 선생님, 마법 소녀, 에반게리온 조종사, 와우 공대장이었다.

"저기, 언니. 와우 공대장은 대체 뭘 잘해야 되는 건지 몰라서 판단을 못 하겠다."

"음, 와우 공대장은 말이지!"

언니는 신나게 주먹을 하늘로 치켜들었다가, 맥없이 내렸다.

"와우를 잘해야지."

"잘해?"

"아니, 빠른 전멸임."

"으이그."

언니는 내 텅 빈 '꿈'에 '좌절시키기 전문가'라고 적어 주었다.

"너 사람 좌절 완전 잘 시켜. 나중에 애들이 이상한 꿈 꾸면 돈 받고 말려라."

"평범하게 현실적인 진로상담사 같은 걸로 적어 줘."

내가 투덜거리자 언니는 종이와 펜을 다 밀쳐놓고 방바닥에 엎드렸다. 너무 심했나? 내가 고민하고 있을 때 언니가 입을 열었다.

"정말 이 꿈들을 다 이룰 수 있을지도 몰라."

"어디서 불로초라도 가져오게?"

"그건 아니고."

언니는 엎드린 채 애벌레처럼 기어 오더니 내 무릎에 머리를 얹었다.

"세상에는 평행우주라는 게 있대. 그러니까 나는 여기 있지만, 사실 수많은 우주에 수많은 내가 있는 거야. 어느 우주에 사는 나는 좌우 구분을 잘해서 끝내주는 카레이서가 될 수도 있고, 꽃가루 알레르기가 없어서 플로리스트가 될 수도 있고, 얼굴이 예뻐서 아이돌이 될 수도 있고. 그런 거지."

"음. 그건 또 어느 애니메이션에 나오는 설정이야?"

"진짜거든?"

내가 언니가 밀쳐놓은 펜이며 종이를 주섬주섬 챙기는 동안, 언니는 내 무릎을 점령한 채 허벅지에 뺨을 비볐다. 그리고 작게 덧붙였다.

"그리고 어느 우주에서도 너는 내 동생일 거야."

그런 언니였다.

나를 끊임없이 당황시키고, 뒷목을 잡게 만들고, 이상한 걸 같이 보자고 하고, 오타쿠로 만들려고 갖은 애를 쓰던 언니.

그러면서도 가끔은 감동적인 말을 하던 언니.

레이가 좋다고, 퍼스트 칠드런이 될 테니 세컨드 칠드런은 내거 하라던 언니.

그런 언니가 이제는 내 옆에 없다.

언니가 사라지며 같이 사라진 수천 개, 수만 개 우주의 텅 빈 자리가 내 안으로 밀려드는 것 같았다. 울 것 같아서 두 주먹을 꼭 쥐었다. 그래도 눈물이 고이는 건 막을 수 없었다. 환일은 여전히 카펫을 깐 바닥에 누운 채로 나를 올려다보고 있었다. 내가 끝내 눈물을 뚝뚝 떨어뜨리자, 환일은 일어나 휴지를 가져다주었다. 내가 눈물을 닦는 사이 환일이 고개를 갸웃거리며 물었다.

"누나, 그런데 칠드런이 아니라 차일드여야 맞지 않아요?"

그러게. 하지만 언니는 하나가 아니었는걸. 그리고 그 모든 우주에 내가 같이 있을 거라고 했으니, 나도 하나가 아니었는걸.

그러니까 칠드런이라고 해도 되지 않을까.

마음속에 변명과 하고 싶은 말은 자꾸자꾸 차오르는데, 나는 하지 못하고 울기만 했다.

준계네 아저씨에게서 곧 온다고 메시지가 왔다. 환일은 매점에서 초를 사 와 불을 붙였다. 초가 녹으면서 나는 냄새가 향냄새와 섞였다. 환일이 나를 보지 않고 말했다.

"누나, 나 이사 가요."

나는 멍하니 눈만 깜박였다.

"엄마가, 더 이상 여기에서 살 수가 없대요. 나에게도 미안하고, 형에게도 미안하고."

환일은 흔들리는 초의 불꽃을 손으로 살짝 감쌌다.

"다들 전학 많이 가니까, 이해 못 하는 건 아닌데, 그래도 잘 모르겠어요."

환일이 나를 올려다보았다. 웃고 있지만, 울 것 같은 표정이었다.

"여길 떠나면, 센터에도 못 오잖아요. 그러면 내가 형 잊어버리는 건 아닐까요?"

나는 고개를 저었다.

"그건 아닐 거야."

환일이 내 이야기를 들어 준 순간 언니가 살아 숨 쉬는 우주는 하나 더 늘어났다. 환일의 기억 속에 언니가 남아 있듯, 환일이 형의 이야기를 해 준 순간 나에게도 환일의 형이 기억되었다. 그러므로 환일의 형이 살아 숨 쉬는 우주도 하나 더 늘어났다.

"네 비밀, 너랑 형이 가지고 있던 비밀, 나도 기억할게."

환일의 표정이 희미하게 밝아졌다. 갓 켜진 연등의 불빛 같은 미소였다.

"나도, 누나네 누나가 되게 이상한 사람이었다는 거 기억할게요."

형이 사라진 이후의 환일은 환일로 남아 있기 힘들었을 것이다, 내가 그러했듯이. 환일네 집이 이 동네를 견디지 못하고 다른 곳으로 가기로 했듯이, 우리 집도 그럴지도 모른다. 우리는 같은 아픔을 공유한 사람. 계속 연락하겠다는 말 대신 우리는 기억하겠다고 했다. 사고뭉치 형과 이상한 언니를 기억하겠다고.

기억하는 우주의 주인이 되기를. 우리가 그러하기를. 우리의 앞에는 아마도 척박한 미래가 펼쳐지겠지만, 우리는 그 미래를 함께하지 못한 사람들을 기억하기를. 우리의 우주 속에서 나의 언니는, 환일의 형은, 진짜 모습으로 남아 있기를. 연등에 빌었다.

이 책을 읽고자 하는 청소년 여러분에게 …

존재의 아우성

인간이 느끼는 다섯 가지 감각 외에도 고유수용감각 혹은 제6감각이라고 부르는 감각이 있습니다. 이 감각은 자기 자신의 몸, 신체 각 부분의 위치에 대한 감각이라고 할 수 있습니다.

우리는 이 감각 덕분에 눈을 감고도 내 팔이 어디에 있는지 다리는 어디에 있는지 알 수 있습니다. 또한 내 몸이 피부에 싸여 형체를 가진 모습으로 세상에 존재하고 있음을 늘 느낄 수 있습니다. 그래서 걷거나 자전거를 타거나 피아노 연주를 할 때 근육과 관절의 움직임을 일일이 생각하지 않아도 자연스럽게 그 과제를 수행해 낼 수 있는 것입니다.

그런데 어느 날 이 감각이 사라졌다고 생각해 보십시오. 상상하기 어려울 것입니다. 내 몸이 사라진 느낌, 그것은 무엇일까요? 눈을 뜨면 자신의 팔과 다리가 보이는데 눈을 감거나 보이지 않으면 그것이 있는지 없는지조차 느낄 수 없다는 게 상상이 되는지요?

고유수용감각이 '나'에 대한 신경학적인 감각이라면 정체성은 '나'에 대한 심리적인 고유감각이라 할 수 있습니다. 쉽게 변하지 않는 자기 자신에 대한 확신과 신념, 가치 등입니다. 정체성이 있기에 우리는 다양한 상황 속에서 일정한 가치관과 사고방식을 갖고 생각하고 행동하고 무언가를 선택하게 됩니다.

여러분은 '나'를 무엇이라고 설명할 수 있을까요? "○○학교 ○학년 ○○○입니다." "○○○ 씨와 ○○○ 씨 사이에서 태어난 몇째입니다."라고 말하거나 "이것을 좋아하고 저것은 싫어합니다."라는 식으로 취향을 말함으로써 자신에 대해 설명할 수도 있을 겁니다.

그러나 그것만으로는 자신이 온전히 설명되지 않습니다. 좀 더 길게 시간을 두고 당신의 이야기를 해 보라고 하면 언제 어디에서 태어나 어떻게 자라서 지금은 어떤 모습을 하고 있으며 미래에는 어떤 일을 하고 싶다고 말할 것입니다.

고유수용감각이 내 몸이 어디에 있었으며 현재 어디에 있으며 또 어디로 움직일 것인가를 알려 준다면 정체성은 내가 어디에서 와서 현재 어디에 어떤 모습으로 있으며, 또 어떤 목표점을 향해 나아가고 있는지를 알려 주는 것이라 할 수 있습니다.

그래서 '나란 어떤 존재인가?'를 설명하기 위해서는 단순히 지금 현재의 모습을 설명하는 것만으로는 부족합니다. 자신의 정체성은 과거로부터 비롯되는 것이기도 하면서 미래로부터 오는 것이기도 하지요. 과거가 자신의 정체성을 만들어 주기도 하지만 아직 오지 않은 미래가 당신의 정체성을 규정해 주기도 합니다. 그래서 청소년인 여러분이 불확실한 미래에 대해 상상하고 꿈을 꾸는 건 현재의 자신을 위해서도 매우 중요한 일입니다.

고유수용감각 덕분에 내 몸, 팔과 다리가 현재 어디에 위치해 있는지 늘 생각하며 살지 않는 것처럼 정체성이 있기 때문에 늘 내가 누구인가라는 생각을 하며 살지 않습니다. '나'라는 존재는 아주 자연스러운 것이지요. 그런데 "내가 도대체 누구지?" "내가 누구인지 모르겠어." 하고 흔들리는 상황이 찾아오기도 합니다. 정체성의 위기는 누구나 겪기 마련입니다.

특히 청소년기는 과거와의 단절, 미래에 대한 고민이 폭발적으로 일어나는 시기이자 어느 때보다 크게 정체성의 혼란과 재정립이 이루어지는 시기입니다.

대체로 많은 청소년들이 사춘기에 접어들며 "나는 누구인가?"라는 질문을 어렴풋이나마 던지기 시작합니다. 물론 무의식중에 일어나는 일입니다.

부모님이 사 주는 옷을 입고 해 주는 음식을 먹다가 사춘기에 접어들면 자신의 취향과 고집이 생겨납니다. 정해 준 대로 하던 일들이 귀찮거나 싫어지고 자기 뜻대로 하고 싶어집니다. 상관하지 말아 달라 하며 부모님과 충돌이 잦아집니다. 바로 부모님이 정해 준 것에서 벗어나 '나 고유의 것'을 찾고 싶어 하기 때문입니다.

"나는 누구인가?"라는 질문과 그에 대한 응답은 여러분이 부모님 품에서 벗어나 독립적 인격으로 살아가기 위해 매우 중요한 과제입니다.

이 시기에 평생의 기반이 될 단단한 정체성을 형성하는 일은 매우 중요합니다. 내 것과 남의 것, 나와 세계의 경계를 또렷이 구별할 수 있어야 합니다. 물론 쉬운 일은 아닙니다. 건강한 정체성 확립을 위해서는 자기 자신을 깊이 들여다볼 수 있어야 하며, 또 마음에 들지 않더라도 있는 그대로 자기 모습을 수용할 수 있는 용기가 있어야 하고, 문제점을 찾아 고쳐 나가고자 하는 실천과 부지런함이 필요합니다.

게다가 정체성은 완전히 고정되는 것도 아니고 닫힌 폐곡선 같은 것도 아닙니다. 늘 흔들리며 유동적이고 언제든 구멍이 생겨 '자신의 것'이라고 여겼던 것들이 조금씩 새어 나가기 마련입니다. 나쁜 것만은 아닙니다. 이런 특성이 평생을 살아가는 동안 끊임없이 자신을 돌아보며 새로운 목표를 설정하고 더 나은 방향으로 나아가게 하는 원동력이 되기도 하는 거지요. 정체성의 혼란을 걱정할 필요는 없습니다. 이 혼란이 바로 '살아 있음'의 증거이기 때문입니다. 자신에게 찾아온 그 흔들림에 적극 맞서십시오. 제대로 맞서지 않으면 몸은 있으나 몸에 대한 감각을 잃은 사람처럼 됩니다.

여기 일곱 명의 작가들이 모여 '정체성'을 주제로 한 권의 소설집을 엮었습니다. 2014년 스물한 명의 작가들이 모여 『관계의 온도』『내일의 무게』『콤플렉스의 밀도』라는 이름으로 테마 소설집을 엮어 보내 드린 적이 있습니다. 이 책을 읽는 독자들 중에는 앞서 세 권의 책을 만나 본 분들도 계실 겁니다.

『존재의 아우성』은 앞서 출간된 테마 소설집들과 같이 청소년 여러분에게 무언가를 요구하거나 교훈을 전해 주려 하지 않습니다. 다만 여러분이 고민하고 있거나 앞으로 마주하게 될 문제들이 우리 삶에서 어떤 모습으로 드러나는지 세심히 짚고, 과연 그것은 무엇을 의미하는지 진지하게 묻고 있습니다.

『존재의 아우성』에 실린 작품을 여러분의 삶, 여러분이 겪지 않은 삶에 대한 이야기라 생각하고 즐겁게 읽어 주면 좋겠습니다.

혹시 유난히 마음이 끌리는 작품이 있다면 이런 질문을 한 번쯤 해 보아도 좋겠습니다. 나는 누구이며, 어디에서 와서 어디로 가는지를, 그리고 나는 무엇으로 설명되어질 수 있으며 또 어떻게 설명하고 싶은지를 말이지요.

_일곱 명의 작가를 대신하여 엮은이 유영진 드림